沙枣花
飘香的世界

潘美玲 著

中国言实出版社

图书在版编目(CIP)数据

沙枣花飘香的世界 / 潘美玲著 . —— 北京 : 中国言
实出版社, 2023.10
ISBN 978-7-5171-4608-7

Ⅰ . ①沙… Ⅱ . ①潘… Ⅲ . ①散文集－中国－当代
Ⅳ. ①I267

中国国家版本馆 CIP 数据核字 (2023) 第 189964 号

沙枣花飘香的世界

责任编辑：李 岩
责任校对：薛 磊

出版发行：中国言实出版社
　　　地　址：北京市朝阳区北苑路180号加利大厦5号楼105室
　　　邮　编：100101
　　　编辑部：北京市海淀区花园路6号院B座6层
　　　邮　编：100088
　　　电　话：010-64924853（总编室）　010-64924716（发行部）
　　　网　址：www.zgyscbs.cn　电子邮箱：zgyscbs@263.net

经　　销：新华书店
印　　刷：三河市华东印刷有限公司
版　　次：2024年1月第1版　　2024年1月第1次印刷
规　　格：880毫米×1230毫米　1/32　7.75印张
字　　数：174千字

定　　价：69.00元
书　　号：ISBN 978-7-5171-4608-7

序

郭文涟

　　著名作家贾平凹曾在一篇文章里说："写散文，从古到今，大多属性情中人，才华横溢，文采飞扬。"我以为潘美玲就属于这样一种人。

一

　　认识小潘的时候，她那会儿用尽了五年的时间，采访编著了五本图文并茂的文化书籍——《散落的珍珠——土尔扈特民间故事》《流动的风景——土尔扈特服饰》《风情万种——土尔扈特风俗》《深度狂欢——土尔扈特歌舞》《巴音郭楞蒙古族史》等，而略知土尔扈特蒙古史的我，以为这几本书的史料和文化价值无论怎么评价都不为过，堪称一件史无前例的大事好事。但在那个时候，这种付出心血和汗水换来的成果，却没有能够给她带来吉祥如意的好运，她被莫名其妙调离了其正在兴致勃勃继续研究和探索的地方文史工作岗位，而且同一时间点上，她又遇到三天之内两个亲人病故。对她来说，不可谓不是人生中的一场沉重打击和灾难。而这之前，她还经历了母亲、哥哥和小弟弟的相继离世。用她自己的话说，脾性的倔强、耿直和不谙世事，是她"倒霉"的根本原因，但是她改不了这种与生俱来的秉性，她依然不喜欢唯唯诺诺安分守己的日子，在什么岗位都不服输，被安排去企业挂职后，虽然有些无奈，但却发现，这里不注重人际关系，只注重工作效率和成绩，如鱼得水的小潘分明感觉到这里的天分外蓝，这里的空气分外清香，她像又来到了大山深处的草原上，来到了朴实厚道的牧人中间，轻松愉悦，张弛有度，只要工作完成（而且她往往完成得都很出色），剩余的时间都是她的，因而干得风生水起，亮点多多，备受企业认可。后来索性提前办理了退休手续，继续受聘到这家企业的上级单位工作。

这一做就是八年，孩子上了大学有了自己如意的工作，家庭也逐渐走出阴阴暗暗朝不保夕的日子，她也因为身体原因，辞职回家。在侍弄花草之余，又捡拾起曾经喜爱的文字，欲对未来对自己的过去有一个交代，于是就有了目前摆在读者面前的这本散文集《沙枣花飘香的世界》。

其实，她这些年在为着生计拼搏奋斗的同时，心绪依然沉浸在她十几二十年前一纸苍凉的路上，所爱，所恨，所留恋，所记忆幽深的依然是那些念念不能忘怀的人和事。因而在翻阅这部书稿的时候，我很欣慰地看到了我曾经熟悉的一些篇章，比如《悲壮的归途》《风中，那一座故城》《民歌〈两只小山羊〉的今世前生》《赛军陶海村纪事》《在草原，遇见一场史诗般的婚礼》等。

我一向认为，在新疆这片土地上，不具备一些人文历史知识的话，或者说没有一点人文历史情怀的话，若从事文学写作，一定是走不远的，即使写也好不到哪里去的。而命运恰恰让小潘遇到了这样一个民族，这个民族的悲壮而又英雄不屈的性格和历史，好像天衣无缝地与小潘的成长经历与性格交相辉映起来，因而她天然地对这一民族有着一种亲近感，她的性格中似乎有一种自由自在的战马般的"野性"，文字率真，毫无刻意，像山涧吹过来的呼啦啦带响的山风，夹带着冰峰雪山上雪莲花的清香；或如戈壁原野上的泉水一般，肆意奔流，看似毫无章法，但你总被她的气势裹挟而走，顺着这种气势走向草原，走向历史深处，走向一个个朴实厚道可爱的牧人。她是个女人，按照21世纪20年代的潮流，恰好是在一个摆弄风姿的年龄段，涂脂抹粉，风花雪月，享受舒坦，但她不，她好像十分讨厌这些女儿态，她像是一个牧人，骑着马，扬着鞭子，吹着响亮的口哨，在茫茫的荒原上疾驰飞奔着，长长的队伍里有着成群的牛羊，有着山风呼啸，有着铿锵箭响，有着战马嘶鸣、刀光剑影、旌旗猎猎。即使是在十多年过去了的今天，我读着这样的文字，依然会感受到她书写这些文字的时候气血在向外喷发，毫无节制，使得你也情不自禁地与她一起热血沸腾，自觉不自觉地又坠入到过往历史的烟云里去了。

自然，她书写这个民族的血肉历史的时候，也有花前月下般的文字，但却不是矫情，尤其看她那些像是信手拈来的一个个小人物的散文，更感到她的心如月下的河水，清澈透亮而温情脉脉，以至于多年过去，再次阅读这些文章的时候，忍不住要举目翘望，翘望那一片草原，那一座座蒙古包，想深情地问一问：那个59岁妻子早亡、无儿无女、肚子里储存了那样多的民间故事与传说的芒海，是否依然安在？那个有着文化传承、用打油诗来形容她这个清瘦女子的赛罕陶海村还有多少牧人？那个把1967年7

月 18 日《新疆日报》蒙古版的报纸一直保存着的敦实粗壮名叫尖加鲁的蒙古族男人，他还好吗？他没有多少文化，但是他知道，"现在是好过了，可是人的心也变了，什么都是钱，除了挣钱眼睛里没别的东西了"。还有那个大山的儿子，终年在山里拍片、获得过几次大奖的桑布，现在还在大山里拍片子吗？还有那个把母亲缝制的白板羊皮衣裤始终保存着舍不得穿的巴特，现在做什么呢？在草原上，现在还能遇到一场史诗般的婚礼吗？我现在去巴音布鲁克草原，还能吃到蒙古族妈妈做的"东归热血"和"相思肠"吗？那可是富有特殊历史印记、充满骨肉之情的"妈妈的味道"啊！

毋庸置疑，小潘的这一篇篇动人心弦的散文，把土尔扈特这个民族写活了，写到人心里去了，让人对其牵肠挂肚，期盼他们一个个能永远健康幸福。

散文写作，能够达到这样的效果，我以为就是最具生命力的文字，这样的写作方向、写作方式，才是当今文坛大力提倡的！

二

小潘的文字为什么会有这样的效果呢？我以为与她属于性情中人不无关系。所谓性情中人，是不按照常理出牌的，由着自己的性情、自己的思维习惯行事，而且这种思维习惯往往是由直觉决定，而不是理性使然。这样的人倘若捉刀弄笔的话，那非有超人的天赋不可。

我在阅读了她的这本集子后，一如我十多年前认识她的感觉：这是一个性情中人，质朴，率真，不藏藏掖掖，永远不会绕着弯子说话。读她的《我不看，我知道》这篇被《人民文学》收录在《2015年度中国散文优秀年选》的文章，你就可以感受到，这篇文章写法独到，短短两千多字，就将一个到了年龄而不入学的女孩的苦涩童年写得入木三分，也将她的聪明才智裸露于字里行间。她一江南人的后代，骨髓里应该是柔柔的江南山水的脾性才是，可她却如戈壁荒原上的风霜雨雪一般，铺天盖地而来，又铺天盖地而去。父亲不让她继续读书上学，她就离家出走，寄宿在亲戚家，如饥似渴发疯似的读书学习，毫不惧父亲的脸色。为此，她有十八年的时间没有喊过一声父亲。有关这一类亲情文章，在这本书里很多，比如《门，一直开着》是书写她逝去二十年的母亲的，苦命的母亲，为了替潘家延续后代，在十五年里生育了十个孩子，终因贫病交加，不到50岁上便早逝，似乎这也是作者永远不能原谅她那个脾气倔强的父亲的主要缘由。但是阅读《父亲》一文，情感的波浪又一波三折，读到深处让人泪满胸前，它让我们看到一个在那个苦难年代里辛苦操劳而又倔强不服输的父亲，其实也是十分不易十分苦涩的，而且他把父爱隐匿得很深很深。这篇文章里所包含的父女之情、父女之爱的深深浅浅、曲曲弯弯，总是让人有一唱三叹之感。可以说，她对父亲、对山那边养育她成长的古尔班通古特沙漠边沿上的那个小村庄，总有着一种欲说还休的情愫。碍于篇幅，恕不一一在这里赘述。

生活好起来之后，她的文章辛酸之色彩少了一些，但是观察和文字则更加细致入微鲜活形象了，像《落花而生》《老板出逃记》等，都是十分有趣而又寓意深刻的篇章，读来引人入胜，似小说的笔法，但又确确实实是自己真实生活的写照。她的性情没有变，直逼心灵，才华依然在喷发飞扬，只不过在谋篇布局和审美情趣上，更加圆润成熟，富有意境，在遣词造句方面，也更加生动自如了，比如《摇碎一湖月光》《致女儿18岁生日》等，这无疑是散文写作的最高境界，也是最难攀登的境界，需要不间断的学习以及灵感的巧妙碰撞，方才有可能达到。

三

自然，这部书里的有些篇章也不尽如人意，比如《老屋倒了》等，是小说，还是散文？搞不清楚。是散文，就得真实可信，尤其是一些细节，但是一些细节又与她所叙述的家事大相径庭。

她有写小说的天赋，但作为散文这一体裁，唯有真，才能打动人心，才能具有长期流传下去的可能。

2023年6月24日于伊宁

（郭文涟，中国作家协会会员，中国西部散文学会副主席，著有散文集《远逝的牧歌》《岁月起落里的歌声》《伊犁往事》《我的新疆记忆》《我的新疆朋友》《巩乃斯河畔的往事》《生命的随想》等）

CONTENTS **目录**

第一辑　草原拾零

第二辑　落花而生

第三辑 纸短情长

草原拾零

风中，那一座故城

在新疆北部，对于准噶尔这个名字，人们一点也不陌生。单单一个准噶尔盆地就囊括了新疆北部大半区域及人口，还有以准噶尔命名的报刊、建筑等等。准噶尔，这个曾经代表着一个民族、创造过强大的准噶尔汗国的部族，这个曾扰得康、雍、乾三朝皇帝心神不宁的部族，如今，已隐没在历史风烟中，变得遥远且朦胧，即使在讯息飞速发展的e时代，用百度、谷歌这些强大的搜索引擎，得到的也只是些程式化、术语化的介绍，那个曾经位居卫拉特蒙古之首的准噶尔，那个统治过整个中亚地区的准噶尔，那个雄霸西部近一个世纪的准噶尔，还有噶尔丹、策旺阿布旦、噶尔丹策零、阿睦尔撒纳这样一群鲜活的名字，连同他们嗒嗒的马蹄声，已追随唐朝的烟尘宋朝的风，湮没在远方。

故城——印在大地上的书页

300多年后的一个清冷的午后，我轻手轻脚来这里，来到曾经喧哗一时的准噶尔古城遗址。初冬的寒风猎猎地吹，夕阳斜斜地照，四野空旷、寂寥、怆然。

远远看见它，心一恸，像很多年前在草原上行走，遇到那些饱经风霜的牧人似的，不由加快步伐，想迎上前以蒙古族人特有的礼节躬身施礼，对他说声：阿莫尔赛很（您好）！然而，及至近前，却刹住了脚。

高高的墙体坍塌，像一道道伤口袒露在风中；肆意疯长的蒿草漫过城墙，遮蔽了曾经的繁荣与鲜活；荒草连接远山，苍凉的气息弥漫在空中，此情此景让人不觉凝重起来。脚步自然而然慢了下来，慢慢走近，慢慢思量，慢慢品看一草一木，一堵墙，一片瓦，极目四野，脑际首先想到的是明朝文学家杨慎的《临江仙》：

滚滚长江东逝水/浪花淘尽英雄/是非成败转头空/青山依旧在/几度夕阳红……

真想拎一壶浊酒，坐在城墙根儿，借着夕阳或残月，与故城酣畅地对饮一回，美美地谝上几天几夜，猛猛地侃一侃那些神勇的、剽悍的，抑或狡猾的、智慧的卫拉特男人们，还有那些秀外慧中、勤劳能干的女人们。

为了拜访这座古城，我曾细细查阅过《和布克赛尔蒙古自治县县志》，最初看到道尔本厄鲁特森木古城，并不知道它指何处，心存疑惑。以我有限的蒙古语理解，"道尔本"为"四"，"厄鲁特"即"卫拉特"，"森木"也译作"苏木"，为西蒙古旧时一种行政建制，相当于今天的乡或乡以下单元，这里也许引申为"处所"。如果结合起来翻译，可能就是"四卫拉特城池"。四年前第一次到这里，当地同行告诉我，县志上的"道尔本厄鲁特森木"就是这座古城，我心才释然。

　　据县志记载：道尔本厄鲁特森木古城遗址在和布克赛尔县城东南5公里处，距莫特格乡2公里。古城呈方形，边长414米×414米，墙的方向为北偏西20°。北墙保存较好，在北墙中段有一缺口，宽20米，可能是城门，现已成为一条干河床，河床在城内呈"人"字形分布，其首部即在北墙缺口，一条支流伸向西南。东墙保存一般，没有城门。南墙正中有一门，保存较好，可以看出痕迹，门洞宽10米。古城高5.2米，上底宽5米，下底宽5米，每一夯段长45米，墙四角有半圆形岗楼，主要遗迹分布在城中部偏北，其余皆为平地，遗迹主要为建筑遗址，有残垣、夯土台，其上有筒瓦、瓦当、莲花方砖等。在古城西北角有一残破的藏式佛塔，城内发现有经文、泥制佛像和铜念珠，现仅存一塔基，高约3米。该城四周水草丰茂，据历史资料看，此城兴建于明崇祯十二至十六年（1639—1643），曾一度为准噶尔汗国的政治活动中心。

　　在遗址的入口处，和布克赛尔县人民政府立的碑上介绍的内容与县志大致相同，但墙体宽度有出入，碑上写"上底宽7米，下底宽8米"。也许是测量位置不同，也许是测量时间有先后。城墙主要以西部特有的干打垒方式筑成。不同的是，内里是一层夯土、一层秸秆夯打而成，外层用长43厘米、宽25厘米土块包砌，以目前残存的七八米地基看，当年墙基宽度远不止目前这个数。城墙四周有明显的岗楼遗迹，城外还有很深的护城堑。

　　经历了300多年岁月的轮回，仍能看到一个游牧民族建造的古城身影，真是很让人惊喜！这座城池遗址的物理形状不是我关注的重点，我想知道这座城池是不是我曾经听到的许多民间传说中的那一座，是不是像传说中那样雄伟高大、神圣不可侵犯。来到它的身边，更多的是为满足我精神层面上的感慨。

比如现在，在寒风里，一个人拎着相机，沿着断断续续的残墙，从北走到南，南面已没有了城墙，沿着若隐若现的墙基走向东，然后再慢慢踱进一片荒芜的中心，在城池中徘徊、寻找。说实话，我也不知道要寻找什么，只是想在这座荒废了几百年的城池中多停留一会儿。一双崭新的靴子被荒草和泥泞搓得不成样，很是心疼，但却忍不住还要走，还想看。爬到那座佛寺遗址上，捡到一块细小的瓦片，端详半天，心里琢磨：卫拉特著名的僧人兼学者咱雅班第达是在这里讲经的吗？他的托忒蒙古文字是在这里潜心研究和创造的吗？

城中偏东北有两堵孤零零、单单薄薄、似乎一指就能戳倒的墙，在这里站立了很久，想不出360多年前这里住的是君王还是牧人，这样一堵再普通不过的土坯墙，它的内里当年是奢华还是简陋？这间屋里演绎过爱情还是阴谋？

多年从事这方面研究的叶尔达先生，较倾向于此故城建于《蒙古—卫拉特法典》制定之前，也就是1640年之前。他在《跨洲东归土尔扈特》一书中认为：巴图尔洪台吉有远大的政治目标，又有卓越才干，他为使自己所在的和布克赛尔成为真正的政治、经济、商业、交通中心，便从俄罗斯等国家和地区请来工匠，于1638年前基本建成了新都城，并在该年底在新都城接见了沙皇俄国使者。城中有四卫拉特首领们的宫殿，还有寺庙、商铺、手工作坊等，甚至从国内外引进家畜、家禽进行养殖，成为一座固定的城镇。

在《咱雅班第达传》中，记述了1638年咱雅班第达从西藏出发，1639年秋天到达塔尔巴哈台厄吉尔图台吉的营地过冬。而

此时正是准噶尔部兴盛之时，首领巴图尔洪台吉正在大兴土木，修筑城池，谋划筹备制定《蒙古—卫拉特法典》。在这样的用人之际，像咱雅班第达这样优秀的学者和黄教传播人，巴图尔洪台吉没有理由不请他来参与。一些史料称，咱雅班第达虽未被纳入《蒙古—卫拉特法典》的序之中，但他是推动或者参与编修《蒙古—卫拉特法典》的人员之一，如果这个时段能确证他是在和布克赛尔，那么，准噶尔故城与《蒙古—卫拉特法典》便有必然的联系。

苏联蒙古学者兹拉特金在《准噶尔汗国史》中，曾记载了1640年托波尔斯克将军派往巴图尔洪台吉处的使者缅希·列麦佐夫说过的话："洪台吉在蒙古边境的基布克赛尔（即和布克赛尔）天然界区建造了一座石城从事耕耘，并要在这座小城中居住。"

这些都说明一个问题，作为准噶尔部的营地，巴图尔洪台吉既然在这里建立了都城，一定想把它作为中心地带来发展的。而1640年前，他已把都城建设得非常不错，并在这里迎接来自蒙古各部的首领，接待俄罗斯使者。说明这里已经成为卫拉特蒙古的政治、经济、文化中心，他们没有理由不在此举行一些重大活动，召开重要会议。

这是我第二次造访这座故城。我不是什么专家学者，却一个人在这座残破不堪的古城遗址上逗留了整整一个下午，原因很简单，就是想闻闻曾经喧嚣的味道，从草根、墙泥的缝隙里接受或者感受一点、哪怕是一丝先人们的气息。但是，那个下午，除了风，在这座故城中，没有听到任何声音。的确，这里不会有谁理会我，也不会有谁为我解答任何问题，除了那些残破的土坯墙，还会有什么呢？

最喧哗的消失得最干净，只有静默是长久的。城墙一直静默着，就像一页印在大地上的书页，被岁月翻看得破败不堪，却始终以静默的姿态经历着不同时代，迎接着每一个走近它的人品读，所以它走到了今天。

法典——留在生活中的规矩

因了和布克赛尔县志中一句"据历史资料看，此城兴建于明崇祯十二至十六年（1639—1643）"，让我穷尽了家中这几年来搜集到的所有与西蒙古有关的书籍、论文，可惜没有查到一点有关准噶尔汗国城池兴建年代的信息。这也许与我涉猎这方面时间短、拥有的资料不丰富有关，但是，我实在想知道这座古城建造的时间，因为各种迹象表明，它与著名的《蒙古—卫拉特法典》制定有着某种深刻的联系。

有关《蒙古—卫拉特法典》诞生地的问题，中外学者一直有各种争议，每个学者都有自己的观点和依据。国内学者大多认同是在塔尔巴哈台制定的，而具体位置却有很多争议。作为一个仅仅喜欢涉猎这方面知识的业余爱好者，我没有厚重的史料作铺垫，也没有深厚的理论功底能说服谁，但有一点自己的理解和认识。

制定《蒙古—卫拉特法典》的发起人是准噶尔部首领巴图尔洪台吉，他为什么要做出这样一个具有划时代意义的重大革新呢？因为曾经辉煌一时的蒙元帝国灭亡后，经历了300多年、两个朝代的演变，蒙古逐步分裂为漠南、漠北与漠西蒙古，而此时

的蒙古各部早已没有了往昔咄咄逼人的强势与霸气，内部因为水草、领地、牲畜纷争不断，外部有柯尔克孜、诺盖等族虎视眈眈。远在西域的卫拉特蒙古也同样经历着这一切。随着巴图尔洪台吉的逐渐强大，势力不断扩张，和硕特部在首领顾实汗率领下，迁居青海；土尔扈特及部分和硕特部在土尔扈特首领和鄂尔勒克带领下，离开了原来牧地，游牧至伏尔加河下游；剩下的杜尔伯特、辉特逐步依附于强大起来的准噶尔部。

此时，皇太极即帝位，建立大清，蒙古各部纷纷归服或通贡。作为四卫拉特之首的顾实汗也遣使向清朝进贡，表明卫拉特蒙古臣服清廷。而沙皇俄国又加紧对蒙古各部实施渗透和扩张，他们实行拉拢诱骗、武装蚕食之术，企图使蒙古各部臣服俄国。

面对外部势力步步紧逼，各部落之间纷争不已，人们以离开的方式表示不满，巴图尔洪台吉清楚地意识到，加强各部间团结，共同抵御外侮，是巩固已取得统治权的关键。聪明的巴图尔洪台吉以准噶尔卫拉特联盟的名义，邀请喀尔喀汗王、伏尔加河流域的土尔扈特首领、青海和硕特首领及黄教著名人士共同召开会议，制定了著名的《蒙古—卫拉特法典》。

虽然国内外学者对《蒙古—卫拉特法典》诞生地各持观点，但是有一个道理是显而易见的：既然此次会议的发起人和主持人是巴图尔洪台吉，他又在自己营地——和布克赛尔建立了稳固的城池宫殿，并且频繁接待各地来访使者，此时正是提高威望、扩大影响、展示他不凡实力的大好时机，作为东道主，他怎么会舍近求远，移到他处去开这样一个重大的会议呢？

何况史料虽然记载不多，但是从一些只言片语中，我们已窥视到巴图尔洪台吉的远见卓识。他选择了依山傍水的和布克赛尔前山缓坡、水草丰茂的地带作为根据地，将一个游牧部族以农耕形式稳定下来，建立起城堡、宫殿，引进畜禽，定居牧民，种植农作物，各地商人纷纷前来设立货栈，进行贸易，这意味着什么？这意味着有家有国有了根基，意味着民以食为天、以居为安的日子即将到来，更意味着要有行之有效的决策来治国安邦。于是，他需要一部统民心、树国威、成大业的法典。

再让我们来看看《蒙古—卫拉特法典》。它不是简单意义上的一部法律条文，也不是宗教意义上的清规戒律，更不是统治阶级单纯的政策方针，而是依照旧《察津必齐克》，遵照蒙古最基本的习惯，结合当时实际确立的。其内容涉及宗教、军事、组织、政治、经济、社会生活、民事纠纷、刑事诉讼等各个方面。它是迄今为止，研究卫拉特宗教信仰、社会组织、政治经济制度、生产生活、婚姻家庭、道德规范、风尚习俗等方面的宝贵资料。它实施的范围包括当时的准噶尔、喀尔喀、青海以及伏尔加河流域广大地区，生效时间因区域而异，有的长达上百年。《蒙古—卫拉特法典》的诞生，调整了各部之间的关系，建立了联合抵抗外侮的同盟，稳定了统治秩序，为厄鲁特、喀尔喀等各部经济发展创造了条件。

事实上，虽然过去了370多年，虽然《蒙古—卫拉特法典》的根本目的是维护统治秩序，但是，时至今日，法典中的很多条文已成为卫拉特蒙古人的生活习俗。

比如，《法典》第118条明确规定：儿子不应对母亲家的亲属有债务上的账目。在牧区，至今仍保留着外甥拿舅舅家的东西不记账、不用还的习俗。

有时，细数这些星星点点的习俗，真的感觉像踏在准噶尔故

城的褐色泥土上，有一种古老而厚重的气息，让人回味无穷。

传说——留在记忆中的辉煌

草原是我这些年走得最多的地方，喜欢它的宁静、宽广、单纯和怡然。因为在草原上行走，才知道了土尔扈特、和硕特、准噶尔、厄鲁特、杜尔伯特、辉特这样一串西蒙古部落的名称。它们有的已成为记忆，有的变成了史书，有的至今仍在继续。

有关准噶尔及厄鲁特蒙古，我知道的并不多，仅仅是在对土尔扈特、和硕特蒙古东归文化挖掘中，触及一些与厄鲁特蒙古有关的事件、人物，特别是一些故事、传说、歌谣中，对巴图尔洪台吉、噶尔丹这些人物描绘得十分精彩，由此，才对他们产生了兴趣。

想了很久，不知给准噶尔这个名词添加一个什么后缀才合适，有人称之为"准噶尔汗国"，有人称之为准噶尔部，也有人称之为准噶尔。岁月轮回，朝代更迭，兴衰都是历史必然。如今，时过境迁，准噶尔后缀是什么已经不重要，重要的是它曾代表了一个时代，曾让强大的清朝皇帝烦心了70多年！对于曾经的西蒙古而言，它是一代汗王的光荣与梦想。今天，除了从事边疆史研究的人们，能知道这些历史事件和人物的已不多。

但是，一个国家、一个地区、一个民族，无论它的历史有多久远，无论它经历过怎样的变故，消亡得多么彻底，总有一些痕迹会印在这片大地上，总有一些古老的信息会在某一时刻或某个人群中散发出来。

比如民间传说，它就像一个过去和现在之间的缝隙。从这个缝隙里，我们总能闻到一些远古的味道。很幸运，我就是从这里一点点走近土尔扈特、走近四卫拉特的。虽然它只是一种口头文学，其中不乏虚拟、神话，但它不是无本之木、无源之水，而是广大牧民在长期的生产生活中，将亲身经历的特例、个案、典型事件，经过一代代人的演绎传诵，成为今天的传说。在他们异彩纷呈的描述中，总有一些历史的影子时隐时现。

在和布克赛尔地区，有关准噶尔故城的传说很多，《准噶尔四卫拉特寺庙》《准噶尔四卫拉特瓦解》等，在不同程度上反映了当时的政治、社会发展状况。而在卫拉特蒙古中广泛流传的《色忒尔札卜的故事》，不仅真实再现了那一段历史，而且将当时卫拉特蒙古人的风俗习惯、远离故乡的土尔扈特人与亲人的联系、卫拉特内部的相互钳制利用等错综复杂的关系描绘得淋漓尽致。在巴图尔洪台吉派机智沉稳的老臣库尔木西与土尔扈特联姻时，故事是这样叙述的：临行前，洪台吉再三嘱咐库尔木西说："你们一定要注意完整地做到：定亲礼节须去三趟/送礼礼节须去三趟/彩礼礼节须去三趟/婚礼礼节须去三趟，要把全部礼节做到，想方设法促成这门婚事。"

按照洪台吉的旨意，老臣库尔木西带领人马，以主人的威望为依靠前往土尔扈特地域。经过很多个日夜的艰苦跋涉，终于到了土尔扈特汗的居住地，选好黄道吉日，他们来到土尔扈特汗宏伟的宫殿前，向土尔扈特汗禀报来意，磕着头说：

四卫拉特的准噶尔部
好比山峰一般耸立
在朝政兴盛之时

希望结为亲家

以祖先教诲子孙传承

按人间习惯世间规律

我们来到了这里

苍天有多高

以行星联在一起

大地有多宽

以亲戚联在一起

山上流下的河水源头虽远

以河沟鱼虾联在一起

树木根有多深

以茂密的枝叶联在一起

好比浩荡的海水满满

好比清香的檀树茂盛

为分享您的福分浩荡

我们来到了这里

在深水我们做您的桥梁

在繁忙中做您的帮手

在黑夜做您的眼睛

在烈日做您的遮伞

为年老者做拐杖

为年幼者做扶手

为您鞍前马后照应

为您两手当手套

围在您宽大的袍襟内

占据您宽敞的腋下

为了我们成为血脉相连的亲戚

以三岁小马作骑具

来到这里向您提亲

　　诗歌一样优美的言词背后，传达的是准噶尔的强盛，联姻是为了部落联盟，为了部族更加强大，话里话外流露的是：这样互利互惠的事，作为远离故乡的土尔扈特人是不可以拒绝的！而在这个故事中的小秀纳，便是史书上记载的寄养在外公巴图尔洪台吉家的阿玉奇汗。

　　阿玉奇是土尔扈特历史上一位智勇双全、战功卓著的汗王，在位50余年，不仅统一了汗国内卫拉特诸部，而且采取了一系列高超的外交政策，有力地抵制了俄国的控制。特别是注重加强与清朝的联系，促成图里琛使团访问土尔扈特汗国，为土尔扈特人东归打下了良好的基础。而这一切与他自幼生活在巴图尔洪台吉的汗帐之中，耳濡目染政治斗争、军事较量不无联系。虽然每个口传者难免存在个人好恶，有褒此贬彼的现象，但阿玉奇汗自小生活在塔尔巴哈台和布克赛尔的准噶尔城堡、外公巴图尔洪台吉的宫殿中，这个历史主线没错。

　　这里引用故事片断是想阐述两个问题：一个是土尔扈特部西迁伏尔加河流域后，从未间断与祖国和亲人们的联系；另一个是准噶尔故城的确曾在和布克赛尔这块广袤的土地上存在过，兴盛过。历史上准噶尔汗国曾给国家带来威胁，给人民造成灾难，最

终于18世纪中叶被乾隆帝消灭，并在伊犁格登山上立碑著文昭示后人。为此我曾专程到伊犁地区的厄鲁特蒙古人中进行过采访，那里的厄鲁特蒙古人很大一部分来自当年的准噶尔人，虽然过去了二百多年，在他们的身上仍然可以看到历史曾给他们造成的阴影，语言中总能感觉到一些不一样的东西，比如拘谨、不议论他人、不随便跟人搭讪，等等。

在这篇文稿中，除了说到遗址时使用古城，其余部分我一直使用"故城"二字。用"准噶尔故城"，会感觉这座城是我们的一个老朋友，一个故友，我们虽然隔着时空，但一定会有很多话题可以攀谈。

民歌《两只小山羊》的今世前生

两只山羊上山的呢
两个姑娘招手的呢
我想过去吧狗叫的呢
不想过去吧心跳的呢

这首民歌在新疆已是尽人皆知，特别是喜欢户外徒步的驴友们，这首歌更是他们的拿手菜，每回必唱，每唱必要演绎出一些新词来：

两只小山羊吃草的呢
两个小姑娘在等我的呢
白天过去吧有人看的呢
晚上过去吧狗咬的呢

而时下本地的年轻人欢聚时，也不时唱起这首幽默风趣的歌，歌词自然少不了现编现卖：

两只小山羊上山的呢

两个小姑娘在招手的呢

我想过去吧妈妈看着呢

不想过去吧心痒的呢

无论哪一种，小伙子痴情、诙谐和无奈的形象都跃然纸上。

对于这首脍炙人口的民歌的出处，人们说法不一，有人认为是蒙古族民歌，有人认为是哈萨克族民歌，其实这是对民族地区的民歌差异不了解所致，确切地讲，这是一首土尔扈特蒙古族的民歌，它诞生在巴音郭楞蒙古自治州和静县巴音布鲁克广袤的大草原上。

和静县是东归英雄渥巴锡归来的故乡，这支东归部落叫土尔扈特部，属卫拉特蒙古四部之一，是我国蒙古族中一支古老部落，在17世纪到20世纪由克列惕部演变为土尔扈特。看过《蒙古秘史》或者《成吉思汗》电影的一定知道，成吉思汗有个安达叫桑昆，桑昆的父亲叫王罕，成吉思汗最初打天下时，曾得到王罕的大力支持，王罕就是成吉思汗的义父，很多史料研究认为，王罕就是土尔扈特部落的祖先。

绕这样一大圈是想说，土尔扈特这支游牧民族有着悠久的历史和优秀的传统文化，在长期艰苦的生活环境中，养成以歌传情、言志、叙事的乐观、豪放性格，生活中任何一种情感、一件事情他们都可以歌表达出来，《两只小山羊》正是在这样的环境中诞生的。

原歌名叫《山梁上的松林》，大意为：

山梁上的那片松林

是个乘凉的好地方

美丽善良的好姑娘

我不愿离开你身旁

北山上的那片松林

是个休息的好地方

温柔多情的好姑娘

我要永远守在你身旁

直到今天，和静地区蒙古族朋友用蒙古语演唱的还是这首歌。

这样一首抒情浪漫的情歌为什么演绎成今天的《两只小山羊》这种诙谐、幽默的风格了呢？这中间还有一段有趣的故事。

20世纪70年代，地处大山深处的巴音布鲁克草原还处在一种半封闭的生产生活状态下，每年冬季大雪封山，山里没有广播、电视，没有文化娱乐，除了养护好畜群，就是在严酷的环境中熬时间，人们为了打发这漫长的冬季，大多是聚在蒙古包里喝酒、聊天，喝到高兴处便你一首我一首唱歌比歌，这也许是KTV最早的形式吧。

如今已退休的县原人大主任茶汗大姐，提起当年事还清晰地记得，那年冬天雪格外大，上级畜牧工作组正好在巴音布鲁区蹲点，连续下了两天雪，什么事也做不了，工作组和区上的几个年轻人实在闷得很，于是相约着到附近牧民的蒙古包看看，热情的牧民又叫来附近几个年轻人，大家在一起先是谈天气，后面讲笑话，香喷喷的手擀面、手抓肉和很便宜的烧酒上桌后，屋里的气

氛慢慢热起来，不一会儿，由低到高的歌声飘出了蒙古包，飘进了茫茫雪原，弥漫了整个巴音布鲁克寂静的山谷。

酒酣耳热时，小伙子们唱起《山梁上的松林》，唱了一半，姑娘们说这样唱太文了，为啥不来几句男人点的词呢，于是提议一人编一句，编得好的唱，编得不好的喝酒，他们为自己发明这种新鲜游戏感到兴奋，乘着酒兴，大家你一句，我一句，把"山梁上的松林"改成了"山坡上的小羊"，把"想与你一起乘凉"改成"想跟你一起放羊"。就这样《两只小山羊》的雏形诞生了，之后在人们无数次觥筹交错后的翻唱中，《两只小山羊》的歌词日益完善，到了20世纪80年代中期，《两只小山羊》已在广袤的草原上流行开来，不仅蒙古族同胞唱，汉族、回族、维吾尔同胞们开心时都喜欢拿这首歌向对方戏唱一番。《两只小山羊》成了大家打趣、交流、活跃气氛的首选歌曲。

土尔扈特人敬酒唱歌献哈达是极其讲究的，不同地点、不同对象、不同事物所唱的歌是不同的，换言之，他们唱歌针对性很强，一首歌，不是任何人、任何场合都能唱，只有《两只小山羊》这首歌是老少皆宜。

草原拾零

因机缘巧合，出生在江南水乡的我与西部美丽的草原——巴音布鲁克大草原不期而遇，而且一相处就是二十余年，细细回味起来，总有许多细小又真切的事留在心头，常常感动着自己。

虽然每年都要到草原上去很多次，但是每一次踏上那片贫瘠又富有的土地，心中都会多出一些东西，随着一次又一次走近它，这些东西在心头叠加、积聚，总想说出来，怎奈驾驭文字的功夫太差，坐在电脑前敲出来的东西与心中的感觉总有那么一段距离，长篇大论是不可能了，只好把一些零零碎碎敲出来聊以自慰。

丁字菇

丁字菇形似丁字，个小、圆顶、野生、肉质白嫩细腻，口感鲜美，生长于海拔2000米以上的高山草原，是草原上所有菌类中的极品，也是馈赠亲友的首选之物。平时市价一公斤干菇都在500—800元。

今年草原上遇到了少有的干旱，雨水奇少，草势极差，这些以鲜美著称的丁字菇直到立秋前后才羞羞答答长出一二棵、两三朵。物以稀为贵，它的身价也由往年的三四十元一公斤，暴涨到

二三百元一公斤，如果晾晒干，每公斤已达千元的天价。不知别人怎么想，反正我舍不得花恁大本钱用它侍候自己这张并不精细的嘴。

下了一上午雨，远处山坡上星星点点有牧民披了尿素袋、骑马去捡蘑菇，桑格吉老人呆呆地坐在蒙古包前，一双忧郁的眼睛茫然地望着远山，手指间的莫合烟在风中早已熄灭。老人静默得像一座风化的山岩，就那样一直望着远山，我猜想他的思绪一定不在现在。

轻轻走过去，递上一碗奶茶，老人转过头像是刚从记忆里走出，并没有马上接茶碗，而是赶快把那只鞋底开口的脚往后缩了缩，我装作什么也没看见，快乐地邀他带我去捡蘑菇。老人背着手走在前面，有点蹒跚，有点漫不经心。原以为他走不过我，没承想没多久就把我甩在后面。山势并不太高，可我已面色惨白，气喘吁吁，可怜巴巴要求他休息一会儿，他回过头来慈祥地看着我，微微摇头："你们城里的娃娃就是娇气些。"我不服地申辩："我也是农村娃娃，就是……就是……"老人宽厚地笑了，这是大半天来第一次看到他的笑。

跟他并排坐在还算葱绿的草原上，看着远处渐渐隐没到山里的采菇人，我说："丁字菇价格这么好，你咋不去采？"

他幽幽地说："不想采，采了心里更难受哩。以前一场雨下过，不翻山，随便跟前转一圈就采一大袋，采得人心里高兴哩，有雨水啥都好。现在翻几座山才捡几个，看着毛毛的草呀，心里也是毛毛的。唉……不采了，不采了，是金子也不采，草要喝水，这丁字菇也要喝水。现在啥样的人、啥样的车都往这个地方跑，都说这个地方空气好，风景好！可是，草踩坏了，动物吓跑了，长生天生气了，不给雨水了，牧人心里的凄惶你哪里知道啊？"

看着老人一脸的忧郁，我一时不知说什么好，只好低头看着好容易采到的一个丁字菇——白白嫩嫩，混着青草的气息，一股鲜嫩清香在我鼻前萦绕。兀自地，想起白居易笔下那个卖炭老头，虽然衣衫单薄地站在寒风中瑟缩，却企望天更冷些，再冷些……

真服了自己这不沾边的联想，这哪跟哪呀？

草原中巴

这几年总在路上，各种带轮子的车搭乘过不少，但是，乘坐正经的客运中巴在草原上各村落穿行还是第一次，这对于喜欢独自背包到处行走的女人，还是很有新鲜感的。

新鲜感之一：不要指望准时发车

早就打听到下午七点有一趟车，提前半小时赶到，等啊等，等到七点半还没来，倒是从四面八方来了很多拎大包小包的蒙古族男男女女，他们彼此不管认不认识，见面总是先轻声问候一句：散满其！

我焦急地向他们打听："车还来吗？"他们胸有成竹地说："来的来的，不着急。"

等啊等，八点过十分，一辆吱吱作响的中巴才从某个弯处一头蹿了出来，我还没反应过来，只见身边的人呼啦一下全拥了上去，瞧这阵势，就算我斯文扫地上前狂挤也是无望！干脆转到左

边驾驶窗前，极其温柔地对着那个一脸悠闲的蒙古族小伙说："我想坐车呢，上不去，帮帮我好吗？"不知我当时什么样的表情打动了他，他豪爽地说："没事，你先等哈，保证让你坐上。"于是我满怀期望地站在一边，看着人们用七七八八的东西把车塞得满满当当，感觉像开杂货店，米、面、煤、油、酒、方便面、瓜果蔬菜无所不有，心中忐忑，不知道驾驶员会怎么安顿我。人上得差不多了，只见他对旁边一个脸色褐红的女人叽里咕噜说了些什么，她就让开座，爬过脚下大大小小的麻袋纸箱，小伙子让我坐到那个腾开的位置上，我回头向那女人感激地点点头，她竟有一些不知所措。

又折腾好一阵，等一个下车去买塑料壶的人上来，车才缓缓启动，这时已经快九点。一个看上去很白净、汉语很不错的女人开始收钱，也不撕票，大人小孩都十元，看着过道、车座、门边、车顶到处放的东西，我很是非地问年轻的驾驶员："东西不收钱么？"小伙子嘴里叼着烟："带东西从来不收钱。"他笑嘻嘻地问我："没人来坐车，哪里来的东西呢？"我忽然想起曾让城里一辆中巴车带封信，要我二十元，少一分都不行！

新鲜感之二：别指望准点到达

以为上了车就可以直发目的地，没承想一路下来，七十公里路程走了四小时又四十八分，好在我的心情放松，不急赶路，乐得一路优哉游哉，看人看景。

远远看见一牧人牵马立于道边，车摇摇晃晃驶到近前，停下，司机探出窗外说了句什么，下车，开门，从车上卸下两袋面粉、一袋煤，两人又说些什么，然后卷起一屁股尘土继续前行。

走出约三公里，路边围了一堆人，在议论什么，司机又停车，下去，走入人群，似乎都是熟人。司机也加入人堆里议论，半个小时过去，回头看看，一车男男女女安然坐着，没一个着急，我也不急，可大半天没吃没喝，肚子不愿意了，胃里极不自在，忍了又忍，终于对着窗外大叫："还走不走啊？"小伙子一脸嬉笑："走走走。"下面人发现还有我这么个"少数"民族，马上转作汉语起哄："不走了，这个地方住一下，奶茶喝上一碗嘛！"接着有人把司机猛拍一把："快滚吧，看把客人急的。"小伙子一边还手一边大笑着走了回来。那一幕，是草原上男人间的一幕，豪爽、亲切、快意。

新鲜感之三：可以指望送到家门口

夜已经完全暗下来，车在起起伏伏的山道上左转右拐，远远看见山坳里有几盏灯火，车径直驶到灯火前，有人下车，搬东西，然后听到一声："要乌耶？"车又掉转头驶向另一个方向，一条很静的沟，眼前只有两户人家，我身后坐着的小姑娘拉小男孩慢慢下车，司机用蒙古语问："有没有东西落下？"小姑娘说："过（没有）。"哈哈，这句我能听懂的。我心里大概算了下，除在路边下去的六个人，其他人都是司机从小路绕到草原深处某一蒙古包或民房前放下的。及至我下车，回头再看，只剩那个收钱的女人、驾驶员和我。

知道我要去的地方，车主为我多绕了二公里送到门前，又主动下车叫出主人做了介绍，看我吃住都安排妥才离去，看着车消失在夜色中，突然为在半路对着小伙子不耐烦地吼叫感到惭愧。

老人·羊

羊群是草原的花蕊，星星点点散落在万绿丛中，柔软轻盈地在广袤的草甸子上缓缓移动，从宽阔的谷底一直点缀至远山，与蓝天白云遥相辉映，到处充溢着一种和谐、干净、流畅。空气好得让人不敢乱动，怕一划拉搅了那份纯洁与宁静。

山坡上羊在悠闲地啃着青草，因为草很绿但不高，想了半天就觉得这"啃"字比较能表达那种情景。太阳懒懒地在山川、草地、羊群、牧羊人身上逡巡着，老牧人仰躺在草地上，随手拔根草在嘴里咀嚼，缓缓流动的溪水像条蛇，亮晶晶、无声地在草地上游动，在他脚边斜看一眼，摇摇头又继续前游。

老牧人看上去应该过了花甲之年，也可能更年轻些，山里的风利，紫外线辐射强，把人的脸打磨得黑红且粗糙，连皱纹的纹路也比寻常人宽，这样的面孔必然显老的。一只看上去跟他一样老的羊静卧在脚边，老羊的眼睛很忧郁，不时转过头看着爬上山坡吃青草的同伴，心中一定感叹：年轻真好！老牧人眼定定地望着天，一定在想云端里曾与他对歌的姑娘。戴着大檐帽傻呆呆坐在山坡上的女人，一看就是入侵者，她一定在想：这城里人早洗澡晚洗脸，饭前便后还洗手，可今儿病明儿痛，毛病还忒多！那躺在地上跟牲畜一起过活的人咋啥事也没有呢？

牧人·狗

草原的狗个个彪悍，且以雄性居多（印象中雌性很少，且没有牧羊任务，不过这一点还有疑问，待落实），白天它们是羊群的忠诚卫士，晚上是牧民家的巡警，它们终生的任务就是与牧人羊群相伴，防范一切可能来犯之敌。

草原上的狗的显著标志是嘴短头阔，体格健壮，善奔跑，声凶猛，通体漆黑无杂色。牧人把狗看作家庭一员，诸如出去牧羊、回去守家、不许吓人之类都直接告诉它，特别在开饭时，主人一边分一边说，一人一份不许抢。谁不听话抢食了别人那份就要遭到主人严厉训斥。狗们从不会被牧人殴打或宰杀，即使老到走不了路，牧人依然如待孩子，细心喂养，直至它寿终正寝。

小时候，因为父亲喜欢打猎，家里养过几条好狗，其中有条大狸狗叫赛虎，非常聪明，能看人的眼色行事，院子外来了抢食的动物，不用言语，给它一个手势或眼神，马上就扑将上去。记得最清楚的是，有次生产队集体伐树，娘要我去捡树枝回家当柴烧，我就叫了赛虎一块儿去，我捡了一捆，满头大汗往回走，回头一看，赛虎竟然衔了长长一根树枝跟在后面。

呵，我跳跃的思维又跑远了，扯我家的狗有两个因素，一是感觉草原的牧羊犬颜色太单一不好看，二是认为草原牧羊犬没我家的赛虎聪明。不过你别急，这感觉后来一一被否定。

先说颜色的问题，我问巴图那生为什么不养其他颜色的狗，他说不是不养，是怕羊上当。如果养灰色、青色或其他颜色的狗，容易跟狼的颜色混淆，羊不明白，要是真狼来了，羊还以为是狗，就可能丧失警惕，丢了性命。这一说还蛮有道理，让我长了见识。

再说智商问题。初到巴图那生家时，忽一下冲出三条黑狗，吓得我整个人定在原地，等主人喝退狗，热情邀我进屋时，两腿

软得都抬不起，回头找了半天自己的魂。

为躲避桌上吓人的大酒碗，在别人大碗饮酒大块吃肉时，我捧着骨头出来讨好三只狗，又把巴图那生分割羊肉时不要的下水讨来给它们分食，而它们却一脸疑惑地看着我，迟迟不到近前来。

席间，给布热大娘用蒙古语献了首歌，大娘一激动非要收我做干女儿，这样一来，与这家人亲近了许多，那三个家伙好像也知道了这事，出门进门不再对我虎视眈眈，有时还过来在我腿上蹭一蹭。奇怪，我们在包里认亲它们怎会知道呢？

狗是通人性的，它能敏锐感觉到主人的好恶，草原的狗更是如此。关于这一点，在当地流传很广的一首民歌也有表达，大意是：

> 两只山羊上山的呢
> 两个姑娘招手的呢
> 我想过去狗咬的呢
> 不想过去心跳的呢

小伙子的无奈与狗的聪明跃然纸上。

孩儿·娘

草原温差很大，温度会跟着夜幕一起下降，即使三伏天，住在牧民的蒙古包里晚上也要生炉火，要不手脚凉到天亮。

暮色中的草原既没有城市那种喧嚣，也没有农村那份繁忙，羊儿们也不像农村的那样，没进村口就咩咩叫个没完，而是以沉静应对一切。不沉静的分子只会在某一时刻活跃，比如现在，年迈的额吉拉着小孙儿，手搭凉棚望着牧归的羊群，羊群渐近，马背上的人已十分清晰，小人儿突然挣脱老额吉的手，像只鸟儿扑棱着小翅膀趔趔趄趄奔向羊群，身上穿着一件宽宽大大快到脚踝的衣衫，许是祖母怕他冷，拿了件大人的衣服给他套上了。

小人儿实在太小，一下就被羊群淹没，马背上的母亲滚下马鞍，甩了缰绳，嘴里呼唤着小人儿的乳名飞奔而来，孩儿与娘同时被羊群淹没，羊群稍稍躁动，像一大片云缓缓移走，剩下在草地上亲热、滚作一团的母子，小人儿纯净而充满奶味的笑声在草地上流转，快乐的分子在空中迅速荡漾开来……

人在草原

处在闹市，仅一个"闹"字就了得，心闹极了就想躲，躲哪？就躲到草原上。

空旷的草原随你去走，走上大半日不会遇见一个人，这时你想吼就尽管狂吼，想舞就尽管把最丑陋的姿势扭出来，累了就随处跌倒，瓦蓝的天空与如絮的云朵近得几乎贴上你面颊，这时的心情用"惬意"形容一点不为过。

有幸月圆之日在草原住一宿，那晚月出奇圆出奇亮，从起伏的山后一点点露出脸，像一个不事张扬的生灵，且行且看着光怪陆离的人世。四周山峦成为一抹深重的剪影，草地在她柔和的光下恬静地安睡，那一瞬我被一种奇异神秘的美给震惊了，悄悄回到蒙古包，打开门一任月光在我身上流泻。

早晨睡到自然醒，光线像一根扁扁的带子，从门缝斜斜插进来，细小的浮尘欢快地飞舞着，打开手机一看，才七点多。拉开门，呀，好冷，又折回被里。躺在铺上放眼望去，绿茵茵的草从门边一直延伸到天际，有生以来，第一次这样睡在大自然怀中，没有汽油、水泥、钢筋构筑的城堡，只有泥土、青草和牛羊，这是多么富有的日子啊！

想起初到此地工作的时候，人生地疏，举目无亲，常感孤独无助。那一年9月14日（记得很清），已是金秋，花期已过，游人已散，草原安静得只能听到风的叹息！因为那年雨水出奇的好，矮壮的酥油草破天荒地长到了脚踝以上，夕阳下，青绿中泛出淡淡的金黄，微风拂过，层层金浪从天际一直荡到脚边。看惯了北方的戈壁与荒漠，突然踏进辽阔的草原，欣喜和感动使我情不自禁地在草原上狂奔，任凭自己跌跌撞撞摔倒又爬起，脸深深埋在厚实的草甸里，郁积心头的辛酸委屈在那一瞬迸发，一任泪在草缝间尽情流……那个带我来的蒙古族师傅坐在半坡，默默地注视着我，陪我来的同事像兄长般扳起我的肩，宽大的手在我头上划拉一把：小姑娘，看看这草原，看看这里生活的人群，你会被感动的。记住，哪里黄土都埋人！

那天，我像一个坠入情网的少女，凝望那里的每一座山峰，抚摸着每一根草叶，一气狂吼似乎把一切不快都卸给了这宁静、宽广的草原。吼累了，躺在草地上对着纤尘不染的天空把二十几年来知道的、学过的歌全都唱了一遍，最后实在无歌可唱了，把《学习雷锋好榜样》和《丢手绢》都唱了出来。

那一年，正是我如梦的年龄；那一年，是我人生的一个转折；那一年，我记住了草原。

后来，沧海桑田，世事难料，点点滴滴在积蓄，心中小小乾坤逆转数回，人还是原来的人，事已不是原来的事，容颜已改，青春不再，草原的人和事就像农田的滴灌，无声无息浸润着我，难过时就会想起她，向她倾诉，让她抚慰，听她教诲。

　　草原，成为我永远的依赖。

行走散记

队伍出发了

酝酿了大半年，几经周折与等待，我们的计划终于启动。

到巴音布鲁克草原是我们此次计划的第一个行程，也是整个工作的重中之重。

这是我来到这个地方12年来第三次巴音布鲁克草原之行。

去距县城300公里的地方出差本不是什么大事，也就没想要准备什么，及至出发前，经领导提醒才意识到要做一些准备。到边远牧区常用药要备，六个人的衣食住行要提前电话联系，还有这次搜集资料与各乡镇沟通交流的诸多事情……原来，领导是不好当的，即使是个小组长，少操一份心也不行。

因担心做不好，所以出发前精心做着各项准备，怕有一点遗漏，同时，先生折腾快两年的店面总算开始有了生机，这一走又愁他一人打理不下来，不得不在忙公事之时又为私事去做一些必要的疏通。这一忙就把孩子丢在了一边，晚上十点多回来，孩子说头晕、头痛，以为是这几天没照顾好她，赶快放水给她洗澡，准备带她到外面好好吃顿饭。没承想出来后，孩子越发难受，一口也不吃。看孩子软塌塌趴在桌上一声不响，伸手一摸，头滚烫，心里一惊，这才意识到小家伙前几天感冒没重视，可能加重了。已经是晚上十一点多，什么也不顾，马上带孩子去医院，输完液已经深夜两点多，回到家极其疲倦，可孩子温度下降很慢，不停地闹，不停地说胡话，折腾到早晨六点总算好一点，趁着她睡着，赶快起来找进山要穿的毛衣毛裤，和把孩子托付给老师家要带的换洗衣物、药物等，一切收拾妥当已九点，孩子已经起来，看她精神比昨天好多了，心里踏实了一点。十点钟办公室来电话说车到了，马上抓起电话通知其他五人准备出发，看着女儿依依不舍的眼神心很揪，但是时间和计划已定，不能因我停下，咬咬牙还是背包出门了，连同女儿的病一起背着上了路。

去巴音布鲁克草原的路是国道217线，年久失修，难走是出了名的，280公里路程没有七八个小时就别想到达。政府经过多方呼吁，去年终于立项兴修，这原本是个大好事，可这一修就是两年，断断续续的施工使路变得更坎坷和遥远。

考虑到其他人年龄大，安排他们坐单位丰田越野车先走，我搭某上级单位的一个考察车同行。回头看看，一车大多是女人和孩子，前面两个丰田越野车里坐着几个头头脑脑。走了一个多小时进入山区，车变得异常颠簸，大坑小坑还算好，主要是这儿陷车那儿塞车，一堵就是几小时让人头痛。开始车上的人还忍得住，走到三分之一路时，有人开始抱怨："这是什么鬼地方，把人肠子都颠碎了，真是受罪！"

我坐在门边，看着窗外，心里想：我们这些"鬼"待的地方，正是你们这些"人"巴巴地蜂拥而至的地方。

走了约四个小时，车进入真正的巴音布鲁克高山草原，绿色

染尽了目光所及的任何一个角落，舒缓辽阔的草地一直绵延到天际，起伏的大山像无数优雅的姑娘，头顶白色的雪帽，身穿绿色的裙装，在车边一排排闪过。每次走到这里，小小的心胸就会豁然开朗，脑子里就会蹦出大气、壮美、宽广等词语来，心底的浊气会陡然消失。

人，只有真正走进自然、扑向大地、站在群山之巅，才知道自己有多渺小。

中途有人喊要"唱歌"了，司机会意，找了一个相对遮蔽的地方对大家说："男左女右不许回头看，分别去唱吧！"

大家像下水饺一样哗啦啦往下蹦，女人穿纱裙，男人穿短T，个个精神抖擞吆喝着扑向草原，我赶快提醒了一句："外面很冷的，穿了外衣再下吧。"无人理，自觉没趣，便掏出随身带的书来看。

这里是高寒草原，最热也不过十来度，六月飞雪很正常，七八月屋内烧火也是寻常事儿。这一点不到这里来的人自然很难想象得到。没多久放完水的人陆续回来，一个个下颌哆嗦、语不成句，急急开箱翻衣，大喊冷死了。

我的心底涌出一丝悲凉，外面不了解这里，这里不被外界认识。

晚上八点多，终于到了巴音布鲁克镇，安排食宿时家里来电话，说女儿烧退了，心安许多。镇上条件相对比较好的东归宾馆是政府接待中心，各方检查指导一般都在此食宿，客房爆满，把其他人住宿安排好后，我一人前往青松宾馆住下。

实在太累，简单洗漱后就睡下，半夜胃痛，痛苦不堪，翻出随身带的药吞了几粒，躺下仍睡不着，复起，调出当天要联系的几个人的电话号码，又拿出本子习惯性地把一天的事记下来，拉开窗帘，晨光已经浅浅洒在德金巴吾（蒙古语：母亲山）上，山里又开始了新的一天。

草原的儿子

我们是在巴音郭楞乡四大队那个传说中的阿勒腾尕森（蒙古语：金子做的拴马桩）找到芒海的。按照当地习俗，我们拿出茶叶、糖果、酒等作为拜见礼，聊了一会儿，说明来意，芒海很爽快地答应了我们的要求。看到蒙古包里还躺着一个病人，我们不便打扰，就移至外面草地上交谈。

我们先从眼前的阿勒腾尕森传说开始，从一马平川的草甸上凸出的两个石堆到更远的一座叫闹日甫古登藏布塔格楞（敖包），一个个远古的历史人物、一场场惊心动魄的战斗传说由远及近向我们走来，神秘而离奇。

蓝天、白云、远山、绿绒毯样的草原、珍珠样的羊群和席地而坐的我们，我忽然产生了幻觉，不知道自己是在故事里还是在故事外。

风轻轻吹着，芒海缓缓说着，晚霞从我们肩头渐渐滑落到地上，蓦然抬头，四野茫茫，夜色悄悄挨紧我们坐下，一起来听这些尘封已久的往事。

得知芒海妻早亡，只有一个出嫁的女儿，他现住在表兄家里，表兄儿媳刚做了一个大手术，我们不便逗留，但要了解和录音的内容还有好多，跟他商量，我们把他接到了镇上的宾馆继续整理。

　　虽然不能完全听懂他讲的内容，但从他不停顿的叙述中能感到这是一个记忆力惊人、叙述能力极佳的老人，同时又是一位极注重礼节且拘谨的老人。每次给他倒水，他都会立刻站起来双手接住，不停地说："谢谢！谢谢！"

　　整整一天，在翻译的协助下他不停地讲，我不停地记，手记得酸软，于是建议大家休息会儿。我到外面买了点小食品，当我把一块雪糕递到他手上时，他竟然急得憋出一句汉语："哎呀，你们这样太客气了，让我心嘛……"后面的话也许他表达不出来，但那一脸过意不去的神情已说明一切。

　　59岁的年龄在城市和农村都算不了什么，充其量是个中年靠后的时段，但是，在草原上，就意味着是老人，当地人称大老汉。

　　草原上的人，特别是男人，生命周期很短，一般就在四五十岁左右，到六七十岁就如同城里八九十岁的感觉一样，是很老的人。这里恶劣的自然条件，较原始的生活方式，加之男人们常年转场、放牧，闲下来就是酗酒打发时光，同时，医疗条件也比不得平原地区，每每生病，十有八九不能得到及时救治，这些因素的最终结果是导致人口增长率下降、死亡率上升。男人们因操劳、酗酒、野外活动多等原因，死亡率又比其他人群略高。

　　夹叙这一段，是想说59岁的芒海，在草原是个老人，而他又与其他老人不一样，他不抽烟，不喝酒，肚里却有好多上辈流传下来的故事、传说、奇闻、轶事，他尤其会讲土尔扈特的民间故事，他讲得抑扬顿挫，讲得激情澎湃，讲到激烈处会不由自主地提高声音，双手颤抖比画着。他给我们讲故事完全是一种兢兢业业的状态，白天讲，晚上躺在床上竭力回忆，把想起来的故事名字用铅笔写在纸上，然后讲完一个就撕掉一个。他比这里的村干部更明白我们做这件事情的意义。在我向他表示感谢时，他曾用不熟练的汉语对我说："应该谢谢你们，你们是为我们这个民族的文化保存下来做事情的。"

曾有一件事深深感动了我。那天因有事我出去了，翻译陪他边讲边录音，中间因另一个组的翻译问题，翻译临时去了那边，当我匆匆回到房间时，看到芒海一个人对着录音机，专注地边打手势边讲着，此情此景使我的心一热，多好的老人呐！我不知道用什么样的语言来表达那份感动，除了敬佩还是敬佩。

一般来说，一个人在讲话时必须有能听懂并迎合他的受众。让你面对一个小小采访机讲一个曲折离奇的故事，不知别人怎样，我一时半会儿是做不到的，何况一个从未走出过草原的牧民呢？

我轻手轻脚走过去，他略停顿了一下，我拿起采访机示意他继续，他沉思了一下，马上有板有眼地又讲了起来，而我连一句也听不懂，自然没有一丝能共鸣的情绪表达，我为自己不懂他的语言而惭愧，但他却因为我专注听而激动地讲着。

快结束了，我们聊起家常。他对我们说，这个民族的苦难、这个民族的勇敢一直有人谈论，却没人认真关注，我们来了，能把他们这些快见老天爷的人记得的东西记下来传给后人，他们真的很欣慰，他有多少就给我们讲多少，回去能忆起来的还要写下来托人带给我们。

这个谦卑的老人，我记下了他的故事，更记住了他——草原的儿子。

云深不知处

租了一辆全身响、喇叭不响的切诺基，在无边的草原上奔跑两小时，我们来到了巴音乌鲁乡，乡政府正在新建，副乡长、我的老朋友迪来老远就迎了上来。坏家伙，一见面就坏坏地张开他的大臂膀，作势要把我狠狠扯进怀里。早知他会来这一套，我自然是毫无怯意，做满心欢喜状迎向他的怀抱，待两人相触刹那，我一个错位，给他宽宽厚厚的胸脯结结实实来了一老拳，这一下让他哇哇大叫，引得大家一片哄笑。

闹过，简单举行了下马酒仪式，马上进入工作状态，因为正是牧民转场的时候，乡里又在迎接三级连创验收、社会主义新农村建设规划等等，我们的到来无疑给乡里增添了不少麻烦。一是因为草原地阔人稀、牧民居住分散，不能确定我们要找的那些民间艺人在哪座蒙古包、哪匹马上。二是电视、手机进入牧民生活后，已经很少有人会讲民间故事与传说，年轻人不知道，老年人越来越少，中年人只有印象没有记忆，即使能说几个片段也是支离破碎难成章节。三是我们面对的最大困难交通问题。从一个村到另一个村，一户人家到另一户人家，一般都在十几公里以外，相距四五公里对牧民来说是最近的。

在草原上，你若打听某某人家在哪儿，只要是5公里以内的，他都会轻松地把手向某个方向一指：就在那边，近近的。如果他手指的时间略长，带着拖音告诉你：那……边……一个山翻过去就到了，那你就要准备足够的时间，翻过几个沟或绕过几条河，花上几小时或更长时间去寻找。这里土地有多么辽阔，在人口密集的城市和土地紧张的农村是难以想象的，而我们这些不熟习地理、不了解风土的人要想找到一个理想的采访目标更是难上加难。

豪爽的迪来没向我们诉苦，二话不说带着我们一头扎进草原深处。

来之前电话联系过，他大概知道我的意图，提前做了一点摸查，掌握到一些老艺人，并把他们所在的村组、牧场记在纸上拿给我看，但是，名字写在纸上，人却是骑在马上。迪来和我们都不能确定昨天走访到的人今天能否找到。

车像一只袋鼠，在茫茫草原上蹦蹦跳跳走走停停，一口气走出二十多公里，在五个蒙古包前停下过，都没找到我们要找的那个人。

第七次停车是在一家简陋的土坯房前，迪来先下去交谈了一会儿，回过头来招呼我们下车，人找到了。

这家人正准备吃晚饭，桌上放着烤饼和一大盘煮熟的公羊睾丸。这个季节不冷不热，正是牧民给当年产的小公羊去势的时候，去势去的那东西其实就是睾丸，据说营养价值不错，牧民一般都是直接煮熟撒点盐食用。我们一行人进得屋来，一看桌上那东西，男人们也不客气，哈哈笑着伸手抓来就吃，并扬言吃了如何如何，我只觉得那东西看着都不舒服，根本不敢吃。趁他们开着玩笑吃着，我回头打量这间算作定居点的牧区小土坯房，里外两间，陈设简单，外边是锅灶、碗橱、桌凳，还有两张单人铁床，我们六七个人到来，一下使空间变得极其狭小。里间透过门帘缝隙，看到一张熟睡的婴儿小脸，我悄悄问给我端茶的女主人孩子几个月了，她说儿媳才生十几天。我心里一动，感觉这么多

人来打扰，真不应该。

喝着奶茶，迪来给我们介绍屋里的成员，靠最里边坐的那个老人就是我们要找的人，他叫桑盖，今年已经83岁，这是几天来在草原上找到的年龄最大的老人。

老人不善言辞，精神尚好，就是一只眼睛红肿着睁不开，经询问，原来是"三区革命"时留下的战伤。因为频繁打仗、迁徙，有关证件丢失，解放后，无法向组织证明他的身份，只好回家放牧。

大家喝着茶，村里的、家里的扯了很多才转入正题。老人沉吟良久，给我们讲了两个地名的由来及传说，一个英勇的故事。都是蒙古语交流，一时听不懂他讲的内容，注意力便在四处游走，因坐他近旁，突然对他头上戴的帽子产生了兴趣。凭直觉，这绝不是一顶寻常的帽子。纯牛皮质地那是无疑的，关键是整个帽子已包了厚厚一层浆，年代感很强，少说也有几十年。我突然想，这顶帽子也许见证过老人曾经叱咤风云，只是帽子不会说话，做不了证。

外面起了风，把并不严实的门窗吹得噼噼啪啪，回头看吹开的门时发现，不知什么时候门口齐整整挤了三四个小脑袋瓜，他们像骑木马一样，最后一个坐在木墩上，然后一个抱一个坐了一溜，滴溜着一双双好奇的小眼看着我们。

我们的匆匆造访让桑盖老人可能有点紧张，讲了几个后，他说有的想不全，感觉记忆有点乱，静上几天想想再给我们讲。

看天色已晚，外面下起了小雨，我们起身告辞。走时，又想起里屋围产的女人和襁褓中的孩子，征得主人同意我进去探了一下，熟睡的婴儿小脸粉嫩嫩的，在小襁褓边掖了几十元钱，算作我这个远方来客对新生命的祝福，也稍稍平复一下叨扰主人半天带给我的不安心绪吧。

细雨中，我们与这家人告别，车驶出好远，我又回头望去，远处，一个骑马的牧人踽踽独行，更远处是苍茫的夜色。感受着那情、那景，突然有种苍凉、孤独的感觉袭上心头。那间土坯房在视线里变成了一个小黑点，那个远离尘世、远离喧嚣的草原深处，那些朴实的人，那些不会说话的马儿羊儿，还有那个才来到世上的小生命，他们在这个世界的一个角落平静地、无声地、顽强地活着。

赛罕陶海村纪事

这是草原上的一个牧业村，地处天山腹地，离巴音布鲁镇50公里，离和静县城350公里，平时除了牧民，基本看不到外面的人。不过近年来随着旅游业的发展，这片安静的草原到了七八月也有不少的游客时不时光顾。

2010年9月，我趁着休年假，来到这个村住了一周，几年来一直想来这儿踏踏实实住几天，近距离跟牧民唠唠家常，听听他们的故事，看看他们的生活，这次总算是了却了一个心愿。

一个有文化传承的牧村

关注这个村已经有几年了，最早是因为这个村有个叫芒海的牧人极会讲民间传说和故事，后来是因为常来这里做田野笔记，跟他们交流比较多，他们给我写了一首打油诗，大意是：

不喝水的旱獭都能吃胖
会喝奶茶的女子还这么瘦
咩咩叫的羊儿就会吃
天天来的女子就知道写

蒙古语的原文语境可能比这个好，但是村民能用汉语这样翻译给我已经不错了。他们的情义我懂。他们在善意地劝我吃胖点，提醒我写作不要太辛苦。

爱上他们不仅因为他们朴实、安分，还因为天高地远的这里，有一群机智幽默的语言家，他们中有人一天学没上过，有人只有小学文化程度，但是，只要他们来了兴致，或者看到什么开心或不开心的事，立刻出口成章来一段排比句、拟人或者比兴句，而闻者茫然一片，不知所云，等琢磨出味儿时，人家早已走了。这就是我想介绍的这样一个有故事的牧村。

这个村人口不多，只有592口人，其中有个小部落叫赛得尤亨，这个部落的人就是人们所说的特别有语言天赋的一支，而我熟悉的尖加鲁一家便是其中之一。这些年陆陆续续在他们那里听来了不少类似的东西，初听没什么，慢慢回味时，就感觉特别好玩，如不信，来听听这些有趣的实例：

村里的大队长跟老婆闹别扭，老婆一气回了娘家，大队长碍于面子不愿去接，就请他的一个哥们儿帮忙去说和说和接回来。大队长媳妇人长得十分漂亮，而大队长曾经在劳动中断了一根手指头。这哥们儿骑了匹白马，牵一匹白马就去帮大队长接老婆，第二天果然把人给接回来了，别人问他咋给接回来的，这哥们儿唱歌一样地说：

我骑上白马牵上白马去帮忙
队长气走的老婆是我美丽的嫂子
仙女一样漂亮的女人不接回来
就像队长断了指头的手一样不齐全

　　草原上，每年六七月是牧民最幸福的时光，草长莺飞，牛肥马壮，此时，也是各种名头的检查、调研最多的时候，全村的牧民一边忙放牧，一边要应付检查干部，时不时要被安排参与迎接参观检查的人。某日，一群人来到奥曲尔家调研，呼啦拥进来一蒙古包人，女主人忙不迭地给客人们倒奶茶，儿子小巴图在草地上玩耍，几个女干部看屋里坐不下就到外面草地上转转，看到牛车上晒的酸奶疙瘩就过去捡起来尝，小巴图看在眼里，回蒙古包里用蒙古语对妈妈说："妈妈，妈妈，一个花牛在吃你晒的奶疙瘩。"

　　妈妈不动声色地一边招呼客人一边对儿子说："宝贝，这里有一群牛，妈妈都忙不过来呢，花牛要吃就让它吃去吧！"

　　一行人中有汉族也有蒙古族，谁也没有听懂母子俩的对话，直到大家返回途中，其中一个蒙古族干部才恍然回过味来，原来一对母子在骂他们是不懂规矩的牛群。

　　这就是我一次次到赛得尤亨来的缘故，他们给了我书本上找不到的豁达、机智、幽默和快乐。

第一场雪及其他

　　在巴音布鲁克镇赛罕陶海村，尖加鲁和乌鲁木加甫是我采访比较多的一对夫妻，但是每次都是匆匆忙忙，把需要了解的一些民俗问题问完就走了，没有跟他们认真相处过。今年夏天格外忙，虽然总惦记再去草原跟这对夫妻好好聊聊，却因为工作上的事一拖再拖，进入9月，草原已进入初冬，游人早已散尽，牧民陆续转场，我的工作相对也闲一点，便背起行囊去寻访这对会写诗作对的牧民夫妻，也因此留下了深刻的印象。

9月13日，早晨起来时，看到外面纷纷扬扬地飘起了雪花，在280公里以外的县城里，姑娘们还穿着裙子呢，这里已正式进入冬季了。昨天，还是黄中泛绿一片生机的草原，一夜便成了白茫茫一片。想起前天来时，同车一位喝了八成醉的牧民口齿不清地说："三天之内要下场雪，这个，我们蒙古族人知道！"

当时，我以为他是醉话，没往心里去，现在算起来刚好三天，也许这就叫实践出真知。他们常年生活在这里，不需要什么天气预报、卫星云图，只需要自己对自然的感知就够了。

雪是在半夜里下起来的，女主人怕我冷，给我铺了厚厚的毛毯和褥子，又抱了一床崭新的羊毛被让我盖，睡觉时，又在上面为我加盖了一条毛毯，虽然知道蒙古包夜里会很冷，但也不用这么多被褥包裹我，给了我，他们肯定就会受冷，我说不用盖这么厚，可以了，但女主人不乐意。真的是有一种温暖叫女主人觉得你很冷！他们认为城里人受不了这里的寒冷，岂知我打根上也是在农村长大的，这点苦是吃得的。

一夜虽然睡得蒙眬，但一点未受冻，只是被子加毛毯压得我几乎翻不动身，听到女主人窸窸窣窣起来生炉起火，蒙古包内立刻暖和起来，在女主人掀帘出去的空当，我看到外面洋洋洒洒的雪花和白色世界，睡不着了，立刻爬起来。

雪还在簌簌地下着，空气湿润，一点也不冷，积雪已没过我宽大的徒步鞋，看见女主人在蒙古包后的牛粪堆处清理积雪，我拿了牛粪包去与她一起清理，然后装了一大包干牛粪背回来。女主人跟在后面不停地说："哎呀，咋能让客人拿牛粪呢？"我开

心地说："海慢够，海慢够（没关系，没关系）。"放下牛粪，看看其他事我也插不上手，就拎了相机出来东拍西拍。

大雪、阴天，一马平川的白色大地几乎没有什么参照物，只好围着仅有的两顶蒙古包、一群羊、三条狗、一匹马拍来拍去。男主人在清理蒙古包顶上的积雪，与妻子包里包外有一句没一句地说着话，羊儿、狗儿都安静地待着，我忽左忽右地瞎转着。

早餐后，我整理笔记哼着歌，女主人说："这个丫头蒙古语不会说，蒙古歌唱得不错嘛。"她一边收拾家务一边与男主人聊着，我做完笔记，出得门来，又转悠。

与尖家鲁家相邻的还有两家，相隔有四五百米。我看到那家人把大包小包捆在门口的摩托车上，那家小伙子嗖一声驾车而去，没啥意思，又进屋与尖加鲁有一句没一句扯闲篇。忽然听到外面有人呼喊，我问咋了？尖加鲁说邻居在叫他孩子回来，有东西落下了，说着跑出蒙古包，我也跟着出去，乌鲁木加甫也出来。在蒙蒙的雪花中，摩托车飞出约3里多地，人影已模糊，一时间，几家人同时对着那个渐渐模糊的人影大声呼喊："齐鲁……那鲁……，齐鲁……那鲁……（注：齐鲁回来）"尖加鲁边喊边拿起一件衣服使劲甩着。看着这么多人在大喊，我也手做喇叭状跟着呼喊："齐鲁……那鲁……"空旷的草原，有韵律的呼喊此起彼伏，唯我这个外来者不搭调地穿插其中，但感觉开心极了。跟他们一起去呼喊一个与自己不相干的人，只为让他回来，拿上落下的东西。神奇的是，眼看摩托车已消失在茫茫雪原，忽而又转头回来了，这叫我很感动，感动我们一起努力把人喊回来了。

尖加鲁

这是个敦实粗壮的蒙古族男人，我之前来过多次，忙于各种原始资料采集，没有与他认真交谈过。这一次，是专门冲他而来，直接住到他家，就是想跟这一家人生活几天，感受一下村人眼中这个出口成章的牧民在寻常的日子里的状态，也想感受一下他的身上与别的牧民有什么不同。

他看上去略有点羞怯，不大愿与陌生人讲话，也不像草原上新一代的牧民那样，谁家来了客人，哪里出现几个陌生人，马鞭子一挥，便拥过来凑热闹。

尖加鲁更多的时候是安静地做自己的事，或者静静地观察别人的热闹。

我们不算陌生，但交谈也不多。第一天我跟着他们捡牛粪、赶羊，帮女主人做饭、烧火，顺带跟他们学几句蒙古语。夫妻二人总被我出其不意的一句蹩脚的蒙古语逗得哈哈大笑。

草原上夜晚来得早，不到八点，天已完全暗下来。我们把羊赶进圈里，将蒙古包底边仔细压紧实，防止夜晚的寒风溜进来，又去山下的小河里提回两桶水，一切收拾完，天已完全黑下来。吃了晚饭，女主人乌鲁木加甫拎出一袋粗羊毛，坐在灰暗的灯下搓毛绳，没有电视，手机没信号，让我这个外来物种十分不自在，左看看，右挠挠，不知道干什么好。

尖加鲁不声不响在床边摸索了一会儿，摸出一沓发黄的报纸来，我以为他要抽烟，结果他把报纸小心翼翼地递给了我，让我吃惊的是，竟然是1967年7月18日的《新疆日报》蒙文版。我

的天啊，我还没出生，这些报纸就有了，我快四十岁了才看到它们，岁数比我大、活得比我久的报纸，还一直有人眷恋着、珍藏着它，多幸福的报纸啊！

如果不是有特殊的情感在里面，别说一个牧民，就算是城里的文化人，也未必能把几张报纸一存就是40多年。何况牧民一年辗转迁徙数次，除了必需的生活用具，几乎不会留存什么无用的东西的，报纸更别说了，有多少也会被女主人引火做饭了，可知这几张报纸在尖加鲁眼中的珍贵。

这晚，小小的蒙古包内，我、尖加鲁、乌鲁木加甫，我们通过彼此半生不熟的蒙汉两种语言围绕这几张报纸聊了很久，扯到凌晨快一点，才基本弄清楚个中缘由。他们的儿子巴图早已安睡，我躲在他们给我单独腾的一张床上，盖着厚厚的羊毛被，一点睡意也没有，慢慢梳理与尖加鲁的对话。

这个朴实又有思想的牧民，他的失落来自他的担忧，还有内心对过去那些简单、纯净岁月的怀念。而疲于职场、经受炎凉、总想逃避的我，又何尝没有这种感觉呢？

乌鲁木加甫

乌鲁木加甫是尖加鲁的妻子，也是不善言辞，汉语不是很流利。和所有牧区的女人一样，她任劳任怨、相夫教子、操持家务，岁月里从不见她停下来。

49岁的乌鲁木加甫看上去比实际年龄要大许多。不敢想，多年后到了她这个岁数，我会不会也是这样肤色黝黑、满脸皱纹、双手粗糙？

城里生活的人们对牧区的理解总是陷入两个极端。一是大美。认为山美、水美、人美，常常情不自禁地想自己要是生活在那里就好了。可是，如果来真的，可能三天住不到就逃了。二是落后。觉得没有淋浴、卫生间，叫不到出租车，最恐怖的是没电，网络信号靠"移动"，与外界是隔绝的，自然条件恶劣，是一个蛮荒之地，甚至片面认为牧区卫生环境差，牧人家里一定很邋遢。而这一切，只有你真正走进他们的生活，体会了他们的寻常日子，了解了土尔扈特女人的蒙古包时光，才有资格评说。

早晨，当男人、孩子、牛羊还在梦里时，女人已经轻手轻脚起来，打水、挤奶、打扫蒙古包内外卫生，为一家人烧好醇香的奶茶，等大家都吃了早餐分头去做事时，她们又忙不迭地收拾碗筷、整理内务、洗衣服、打毛绳、照看生病的牲畜。

小小的蒙古包，因为有女主人，所有的东西井然有序，小物件归置在美丽的手工挂袋里，大物件整齐码放在靠床一边的毡垫或者小床上。天天转场，日日游牧，家里的茶壶碗碟却是白白亮亮的，什么时间来客人，总有床干爽温暖的铺盖留给你。一个乱七八糟的屋子，只要交给蒙古族主妇，转眼间就变得有规有矩，窗明几净。蒙古族女人是我见过最会归置家什、家务做得最好、清理卫生最彻底、最讲究干净的女子。

在尖加鲁家生活的几天里，我发现一个细节，每次吃饭时，乌鲁木加甫总是先给客人盛，再给男主人及孩子盛，等大家都开吃时，她才默默盛一碗端到边上，一边吃一边观察谁快吃完了，立刻又给添上。

下雪那天，我们都围坐在屋里。早晨喝完奶茶后，乌鲁木加甫和尖加鲁一直在忙着清扫积雪，羊群出不去，就补饲储备的草

料，其实给得很少，只是维持一下羊儿们的热量，天一放晴就把它们赶出去觅食。

午饭是肉干面条，乌鲁木加甫把面擀好后，我自告奋勇切面，面切好让她过目，乌鲁木加甫用蒙古语对丈夫说："能吃到远方来的客人做的饭真是幸福呀！"我居然听懂了大意，得意地说："和面我也会。"乌鲁木加甫点点头说："嗯，能看出来，你会干活呢。"

吃饭时，我注意到一个细节，乌鲁木加甫给丈夫尖加鲁、儿子巴特和我各盛满满一碗面条，我碗中的肉干明显多很多，而她自己只盛了浅半碗，且汤多面少，吃时她坐在离桌稍远处，感觉吃得很香，喝汤吸面声都很大，其实汤是一小口一小口在嘬，面是一根一根在吸，她是在等我们吃完再盛，自己不愿多吃，这让我心里十分过意不去，一碗吃完，不管饥饱，死活不让她再添，就是想让她踏实地吃饭。

又见芒海

进山的路越来越好，从十几小时缩短到几小时。感谢这个快速的时代，还要感谢网络。很多人无意间的一张图片、一句话，就把外面人的魂勾了来。巴音布鲁克这块藏在天山腹地的璞玉，也因此渐渐走出深闺，呈现到世人的眼前。蜂拥而至的人潮在满足了自己返璞归真的愿望后，丢下一地垃圾、感叹，扬长而去……

随着一年一年的旅游人数增加，当地政府意识到开发这片处女地的重要性，修路、架桥、盖楼、通电、搬迁，城镇化建设突飞猛进，隆隆的机器声和喧闹的人流将牧民从懵懂中唤醒。免费的奶茶没了，住蒙古包要付费了，手抓肉不能优惠了，绒毯似的草甸子上车辙像美女脸上的刀疤，很久很久无法退去，更可悲的是，人性中那些贪婪、自私、狡黠也随着修好的道路纷至沓来，欺骗、作假，一边享受美丽的风景，一边破坏着环境……

这些感叹是因为我坐在长途客车里太无聊而遐想的，为别人杞人忧天，完全不曾预料到20天以后，一场天塌地陷的人生灾难已在远处等着我。

车开过280公里山路，在中午十二点我们就到了，山坳里的这座颇具现代气息的高原小镇不是我的目的地，在镇上租了一辆212吉普去赛罕陶海村。到了村里已经是下午，又去找我的老朋友苏开村主任，老友见面自然开心不已，因为他认为我是能懂他们生活的人。

午后约了几位老牧人聊天，芒海也来了。时隔三年，芒海看上去精神还好，又记起三年前我们坐在赛热木河边，他给我讲述阿勒腾尕森的传说，还用铅笔在小学生作业本上记录了一些民间故事托人转交给我。再次相见，芒海比以前自然了很多，我们坐在一起说话，一回头，发现他帽檐底下头发已花白，心里不禁一恸。我把已经出版的书送给他，他显得十分激动，用蒙古语问身边的人书里写的啥，他讲的故事里面有没有。我一一翻着书插图告诉他，并郑重地写下"土尔扈特蒙古是一个伟大的民族，芒海是土尔扈特优秀的儿子"。

他双手接过书说："谢了，你们先休息，我出去一下。"我以为自己说了什么不妥的言语，冲撞了他，连忙尾随他出去，看着他捧着书走出院子，走向草原深处，在一片金黄的草甸上坐下来，然后一张一张翻着那本用汉文书写的有关土尔扈特蒙古风俗

的书。夕阳就剩下一点点余晖，他在那片余晖里就那样很认真地翻着不认识的书，忽然他用手揉起了眼睛，一次、两次、三次……那个时段没有风，也没有尘，他却在不停地揉眼睛，以至久久捂着脸。

看着他佝偻的背影，我的泪默然就到了嘴边，咸的、涩的……

苏开说我懂他们的生活，我说我懂芒海。

这个一生在草原上生活的蒙古族男人，这个读过书、有点文气的蒙古族男人，这个揣着一肚子诗文、谚语、传说却孤单一生的男人，沉默了大半生，突然有一天，一个与他言语不通的女人把他藏在肚子里的惊险传奇和盘托出，呈现给世人，这些只有他才懂。我看着慢慢隐没在夕阳余晖里的芒海，退到墙角，一次、两次、三次，使劲地擦拭眼睛，感觉好一点了，才回到屋里继续听大家聊天。

一小时后，芒海换了一件略好一点的衣裳回来，这个一贫如洗的牧人，他以这种方式表达对我的尊重，我接受了。

接下来，我们聊起这个村里那些传奇的民间打油诗的由来。说打油诗并不准确，只是它呈现的形式像现代人的打油诗。不同点在于，这个村里有那么几户人家，从祖辈开始，不管读没读过书，见人见物，只要想说，都能出口成章地说出一串诗歌一样的话，或是比喻，或是赞美，或是讥讽。芒海虽不是那个家族的后人，但是他有文化，又是有心人，自然记的比别人多，也可能他更愿意在我面前把心里积累的这些东西都掏出来吧。看着我，他讲得十分认真和用心。记忆最深的是他讲的"世间三问"和"一、二、三、四、五、六、七、八、九、十"。

不知不觉我们聊到天完全暗下，草原的夜温度下降很快，苏开老婆给我做了蒙古族面条，催我吃饭，我邀大家一起吃，芒海和他的老伙伴都说家里做好了，纷纷离开。

早晨醒来发现外面在下雨，六点钟天还没有亮，我披衣起来，在外面转了一圈，好冷，复又回屋里钻进被窝，想起住院的姐姐不知道怎么样了，一会儿大弟来电话说最近咳嗽很得厉害，好像一直在发烧，我说赶快去医院看看。弟弟支吾着，我想这个一直四处打工的兄弟是没钱住院的，嘱咐他钱不用担心，我会想办法。心里谋划着，等这次采风完了，立刻回去，我知道他们渴望我能在跟前，这是后话。

在被窝里想了一会儿心事，听见女主人在隔壁忙碌，爬起来准备洗漱，忽见窗外雪花飞舞，好美。

2010年第一场雪来得那么早，那么突如其来，当时并未觉得这对我是一个不祥的兆头，竟是那样兴高采烈，满怀诗意冲进雪里。

吃了早饭，我拎了礼物，踩着松软的雪花去回访寄住在侄子家的芒海，我们又扯了一会儿闲篇，出来准备骑马去拜访另一个牧人。走时，芒海用粗裂的手拉着我，用生疏的汉语不停说再来啊，再来啊。我一边应着，一边催他进屋吧，外面冷。我走出好远，芒海还站在风雪中遥遥望着我。我心里又是一恸，人生会有多少场分离、送别？

山路

山路，是允许想象的。它可以是畅通无阻，也可以是崎岖不平。

比如，网友们看过我有关草原的文字后，早晨等不到晚上，要去草原生活，我只是笑笑，因为他们想象中的草原比我笔下的草原要美妙；去草原旅游的人们，回来写了声情并茂的文字，我看后还是笑笑，因为他们来也匆匆，去也匆匆，的确看到了草原奇美的一面。

人们有权利对自己喜欢的东西加以美化，有权利放大一切美好的事物。

又比如，赛罕陶海。蒙古语中，"赛罕"是美丽、漂亮。"陶海"是臂弯、肘弯。这是直译，不知翻译家们怎么译。我的理解是"美丽的曲线"或者"美丽的臂弯"。我曾一度把这个地方想象得崖高壁陡、终年积雪、人迹罕至、奇险奇美。十年前，还在县委做秘书时，一场罕见的大洪水，一夜之间咆哮而至，冲毁良田千顷，民居数幢，我撇下一岁多的孩子，在抗洪抢险指挥部坚守了七天七夜。专家们说，洪灾是因为气温骤升，造成赛罕陶海一带雪融加速，加之连日暴雨，形成洪峰，从海拔三千多米处俯冲而来，势不可挡，形成灾害。

山路是壮美的，比作家笔下壮美数倍，它就在眼前，像蒙古族少女袍子上的一条腰带，舒舒展展铺在连接天际的草甸子里，行走其中惬意且飘摇，风是绿的，水是绿的，空气也是绿的，身心变得宁静而洁净。

山路是凶险的，它是一条蛇，静静地蛰伏在曲曲弯弯的丛林山涧、悬崖峭壁。山风在叫，山雨在笑，山野在颤动，跋涉其中，心力和胆力会被疯狂锤炼。

我说的山路就是去赛罕陶海的山路，这条路的险峻虽然早有耳闻，但还是超出了想象。

快到骆驼脖子吊桥时，一条狭深的沟挡住了去路，四处踏勘，却找不到更好的出口，最后只好用了最笨的法子。桑布用随身带的小匕首一点一点削陡利的沟沿，像用铅笔刀削大树一样，用了差不多两小时，才削出一个缓坡，削土时我们十分思念铁锹。好在经多次努力，车终于走了出来。快到红旗一队时，一个约60度的长陡坡又着实让师傅头痛，任凭切诺基如何冲就是上不去，还频频熄火，师傅这会子倒有了绝招，他掉转车头，屁股冲上，倒退着上，车像一头既生气又不情愿的牛，哼哼地向上退，竟然退了上去，这是第一次见，很是有趣。

这些在师傅看来难处理的状况，我倒没太多感觉，因为不是自己操作。但是，车在崖边和湍急的开都河边奔驰时，我心里老怕，怕一不小心翻下去，怕没带身份证，死了没人认领，又不敢表现出来，只好死死抓着门把手，表情凝重，这感觉大概师傅也不知道。

桑布是我此行的专职摄影兼向导，他是大山的儿子，终年在山里拍片。他说话超少，但超有意思。他说，习惯了一个人在山

里走，动物是动物，人是人，很自在。突然走到大街上，马上会糊涂起来，分不清谁是动物谁是人，很别扭。

桑布说，我是第一个到这里的汉族女人，也是来这儿最大的官。我给了他一个白眼，我算哪门子官？充其量是个修史小吏。

我要说的重点不是桑布，还是赛罕陶海。我们去的地方是赛罕陶海沟最里端——孟克巴特跟他兄弟们世代居住的草场。除了有特殊的事情外，他们永远都与自家的羊群、马群一起，守在这片只有清风、溪水、森林、小草和各种野生动物的大山中。事实上，这里只有他们兄弟两家。再确切点说，是叔侄两家。

我们在他们那里逗留了整整一天，拍了很多东西，让他们翻箱倒柜把多年不用的老物件都倒腾了出来，孟克巴特还让侄子巴特带我们到他家石头砌的定居房去翻腾了一遍。锅架、木盆、碗桶、奶桶、筷桶、地毡、牛羊皮储物袋、马褡裢……摆了一地。

在我们做事时，巴特一直默默陪在一边，把拍过的东西打包放回屋里，把要拍的拿出来摆好，并且随时回答我的各种疑问。夕阳西下时，我们基本拍完，这时，巴特从屋里房梁上取下一捆包裹得很严实的东西，一层层打开，他对我说："把这个也拍一下吧，新新的，没穿过。"

打开一看，是一套崭新的白板羊皮衣裤，领边袖口还用黑羊羔毛做了装饰，里边的毛真厚，好温暖呀。我们把它放在草地上，从不同角度拍着，巴特眼神一直很忧伤地看着我们拍。

黄昏时分，打算离开，才想起问他这套衣服的来历。巴特忧郁地说："我们把上衣叫阿森库日木，裤子叫阿森夏鲁。是妈妈1996年给我做的，那时我正在上学，妈妈挑选了毛色洁白又厚实的羊皮，让父亲熟好，用了一个秋天一针一针缝制的。妈妈说，做牧人，少不了一套这样的冬衣。两年后，妈妈突然去世，我当时还在县城上学，连她最后一面也没见着。这套衣服我从来不穿，每年夏天拿出来晒晒，高高挂在房顶上，怕老鼠咬坏。冬天转场再冷也不穿，有时，一个人放牧太寂寞时，会拿出来看看。"

他说得很慢，可他慢慢的语句像一把钝刀，割得我心生痛。没人能体会一个孩子在没有任何心理准备的情况下，突然失去娘的那种痛，那是一生都不能愈合的伤口。

我不知道如何安慰这个少言的牧人，只是向他保证，这套衣服的照片我会用在我写的书里，而且要写上他的名字和采集地点。他腼腆一笑说："没关系，怎么都行。你是来帮我们做民族文化的人，我应该支持。早晨是要去山那边剪羊毛的，还请了好几个帮忙的人，因为你们要拍这些东西，我就多等了一阵子。我现在要去山那边看看，晚上不回来，对不起，我要先走了。"说着，拉紧马肚带，跃上马，向我们挥挥手，沿着一条山路奔去。

即使手头有那么要紧的牧事要做，都忍着、坚持到最后一刻，配合我们完成所有事才匆匆离去，这就是跟山一起成长起来的牧人。看着他渐渐隐没在山路尽头，我心中涌起无限敬意。那是一条属于牧人的山路，永远没有我们想象的美，也永远没我们想象的差，苦乐只有走它的人知道。

暮色中，我们离开赛罕陶海，山路已模糊不清，巴特忧郁的眼神，巴特那套崭新的羊皮衣裤，还有记忆中那场大洪水，都被赛罕陶海——这个美丽的曲线或者美丽的臂弯再次埋进记忆的深处。

在草原，遇见一场史诗般的婚礼

此生经历的大大小小婚礼也有不少，但是，最让我记忆深刻又感动的婚礼，莫过于土尔扈特蒙古族的婚礼。

早就听当地民俗专家说，如果有幸遇到一场完整的土尔扈特蒙古族婚事，那么，你就基本了解了这个民族生活的全部。一场土尔扈特蒙古族婚事就是这个民族社会、经济、文化、风俗、饮食等方面的活档案。

据说，土尔扈特婚事从提亲、定亲到娶亲、婚礼，前后持续2~3年或更长时间，其间要经过问亲、提亲、定亲、送彩礼等11道程序才可以把新娘娶进家，可谓漫长、宏大、趣味无穷。只可惜这样的机会很难遇到。

也许是上天眷顾，2013年7月，在巴音布鲁克草原草长莺飞的美丽季节，我有幸与一场盛大婚礼不期而遇。巧的是，婚礼人家居然是我曾游走牧区借住过的布娃阿妈家。

看到我不请自来，一家人高兴不已，特别是布娃阿妈，忆起当年我跟她学习蒙古语、学做手擀面的情景，不停地说："太好了，今天真是一个吉祥的日子，佛祖把我的汉族女儿都派来了。"

听到阿妈的介绍，屋里一帮盛装女子拥过来拉我入座，原来明天是其其格妹妹出阁的日子，今天家里正在为她举行姑娘宴，即女儿出嫁前女眷亲戚们的饯行宴。家里的姨妈、姑姑及闺蜜们会在这一天，带着各种礼物前来送别。我看到床上摆满了衣料、礼盒等物，几个姑娘正围坐在其其格妹妹身边说着悄悄话。

桌上摆满土尔扈特传统美食，手抓肉、相思肠、肉馅饼、肉汤手擀面、马奶酒、奶豆腐等。得知情况后，我按照蒙古族的礼节先为其其格妹妹送上真诚的祝福，因为事先不知道，没有带礼物，就将手上的银镯摘下赠予妹妹，一番推让后，姑娘们为其其格妹妹唱起《姑娘宴歌》，歌声悠长、婉转、如泣如诉，听着听着，有人忍不住抹起了泪，布娃阿妈默默地走出蒙古包，虽然我听不懂歌词，但是从旋律和歌者的情绪里，也听出了难舍难分的深情和声声嘱咐。深情的歌声，浓浓的酒，依恋的眼神，将姑娘宴推向了高潮。姑娘宴从早晨一直持续到中午，其间，不断有亲戚前来参加饯行，饯行队伍从七八人增加到后来的20多人，蒙古包里已经没有落脚之处。此时，布娃阿妈宣布，请大家到隔壁包里去看看她为女儿精心准备的嫁妆，这也是土尔扈特传统婚礼中的重要环节。母亲向众人展示新娘的嫁妆，是告诉人们，女儿是母亲的珍宝，远嫁的女儿带走的不仅是嫁妆，还有母亲永远的牵挂。嫁妆除了必备的金银首饰、服装外，大到电脑、冰箱、洗衣机、电动车，小到母亲亲手绣的坐垫、端锅垫、储物袋，一应俱全，看到这些，无须更多言语，母爱无边。

在大家对嫁妆赞不绝口时，我看到其其格的嫂嫂又在和面、煮肉地忙活着，我赶快过去帮忙，并好奇地问："这一桌还没吃完呢，干吗又做饭啊？"嫂嫂开心地说："你今天真是来对了，刚刚参加了我们家的姑娘宴，晚上再看看我们家给未来新女婿准备的赠腰带的仪式，还有藏马镫的游戏，可有意思了。"听到还

有游戏玩，我两眼放光，一边帮厨，一边跟嫂嫂打听蒙古族婚礼中的各种规矩。

当我们把姑娘宴的客人送走，一切收拾妥当时，日头已经移到了山边边上，暮色下，碧绿的牧草披上了一层金色，绵延到天边，如诗如画。远远地看到一群人策马而来，嫂嫂说："是新女婿来喝茶了（在土尔扈特蒙古族语言里，喝茶就是吃饭）。"

转眼一群人到了跟前，下得马来，彼此一一问好，大家将客人们请进包内，桌上奶食、茶水、美酒早已准备妥当，宾主落座，女方父母请新女婿喝酒、喝茶，相互寒暄，这时，布娃阿妈拿出一套亲手缝制的蒙古族袍子给新女婿穿上，又将一条黄色的长腰带亲自在新女婿腰间围三圈，并给他系好。我问嫂嫂这是什么意思，嫂嫂说："意思是成家立业了，要学会勒紧腰带过日子，不能像当小伙子时那样无拘无束、大手大脚了。"我睁大了眼睛，转身对新女婿说："帅哥，阿妈给你系上了腰带，从今天起就要勒紧腰带过日子啦，赚的钱要全部交给其其格妹妹，知道不？"

一群人看我一本正经的表情，全都哈哈大笑起来，热闹的氛围由此展开，客人们与阿妈家的亲戚们你来我往轮流唱歌敬酒，偶尔还说几句蒙古族名言警句、智力问答什么的，如同开派对一样轻松、愉快。

已经晚上十一点多，我问嫂嫂游戏怎么不开始呢，嫂嫂眨眨眼说："不急，马上。"

我不胜酒力，就去帮助其其格妹妹准备明天出嫁的穿戴，正说话呢，忽然听到外面一阵喧闹。我说："他们要走了么？"其其格妹妹说："走不了，马镫藏起来了，他们在要呢。"我连忙跑出包外，只见一帮年轻人嬉笑、央求着，而另一方一脸无辜地解释说："真的没看到啊。"其中一个大姐看到另一方咬定没见到丢失的马鞭和马镫，于是端了一碗马奶酒，缓缓地唱起悠扬长调，歌声清丽、婉转，一瞬间，大家都静了下来，头顶是满眼星光，脚下是辽阔的草原，耳边是美妙的蒙古族长调，如此梦幻、史诗般的情景让我深深迷醉，不愿醒来。

歌至后半部忽然高亢起来，而女方的人们也"噢噢"发出不服的声音。我问嫂嫂："唱得很好啊，为什么又不服了？"嫂嫂笑着给我翻译歌词大意：

再烈的马儿总有骑手能驯服
再顽皮的孩子总有一天会长大
再大的考验在我们英俊的巴图面前都不是事儿
……

原来男方在跟女方叫板呢。嫂嫂说，其实马鞭和马镫早被年轻人给藏了起来，就是要在这个时候通过对歌、对诗、智力问答的方式难为一下新女婿，看看他的才学、人品、反应能力。

新女婿以"丢失马镫"为借口，拿了酒和奶食，带着其他人再次回到房中，这时，不再是豪放的饮酒唱歌，而是一方抑扬顿挫地说一段，另一方马上也有韵有律地对一段，说得好掌声四起，说不好大碗酒侍候。此时，每个人脸上都放着光，双方都拿出看家的本领想难倒对方。宾客们机智对答、周旋，我们听着笑着，直至歌尽兴、酒意浓，女方才交出马镫、马鞭，让新女婿回去。

夜深人静，阿爸阿妈把大家召集到一起，安排明天早晨其其格妹妹出嫁的事宜。

出阁时间是早晨9点半左右，天还没亮，亲戚们和邻居们都陆续赶来帮忙准备各项工作。8点不到，门外孩子们兴奋地喊："迎亲的来了，迎亲的来了。"果然，晨曦里，远远的一队人马浩浩荡荡地向这边走来。嫂嫂姐姐们早早在门前铺上了洁白的羊毛毡，放上奶食、茶点等。

按规矩，迎亲队伍不能直接进女方家。快到时，他们选派了两个人带着酒和食物先来送消息。嫂嫂姐姐们热情地给斟茶、敬食品、互致问候，做完仪式后请进屋里，此时，亲戚和乡亲们已准备好婚礼事宜，等待着迎亲队伍的到来。

娶亲队伍一行有男女19人，大家在婚礼主事的带领下，来到蒙古包前，彼此一一问好，由女方舅舅迎进屋内，客人们在右面按年龄顺序坐下。这时，没有婚礼主事人的准许，迎亲的人是不能随便进出的。女方的人坐在左面，我因为好奇，就借着帮忙倒茶混在其中。这时的场面相对严肃一点，给对方敬完茶、酒，便从年长者开始，给每人敬一首歌，然后献上整羊。献整羊时也是从年长者开始，但不能把带软骨的肩骨，带胸骨柄的胸脯、短肋、骨髓放到客人面前，这些事都是由女方家里懂礼数的嫂嫂或者婶婶来办理。而在另一间蒙古包内，待嫁的新娘已经按要求穿戴整齐，跟五个伴娘围坐在一起，伴娘们正在商量着如何应对男方抢亲环节。

土尔扈特蒙古族风俗中，迎娶时，新郎不接新娘，有喇嘛专门指定的伴郎去接。所以，人们开玩笑说：土尔扈特人的婚礼中，最悠闲的人是新郎。

时辰差不多时，一群帅哥伴郎直接拥进新娘的蒙古包里，此时，聪明的伴娘们早已解下各自蒙古袍的长腰带，一条条连接在一起，一头从新娘的袖口穿进去，绕过后背，再从另一个袖口里穿出来。然后，如法炮制，把她们一个个穿在一起，最后拴成一团，将新娘围在了中间。伴郎们看到这个情景傻眼了，于是姐姐、妹妹地求着，好话说尽，边上围观的人们开心笑着、议论着。求了半天，眼看时辰到了，一个帅哥乘姑娘不备，将其中一个腰带结打开，于是，小伙子们如狼似虎扑向姑娘，一人抱一个，强行将她们与新娘分开，伴郎瞅准机会把新娘从姑娘群中"抢"出来！

　　此时，迎亲达到了高潮，姑娘们唱起了忧伤的出嫁歌：

黑山谷里的彬草
顺风轻轻飘荡
我们就要别离
你不要牵挂悲伤

你在摇篮里的时光
双亲当你珍宝
穿上了出嫁的新装
你就要远嫁他乡

你在家里的时光
双亲当你明珠
穿上如花似锦的嫁妆

你就要远离自己的家乡

歌声中，娘家人已泪眼婆娑，新娘房中出现一派难分难舍的情景，出嫁的新娘脚不能沾地，伴郎抢到新娘后直接抱到马上。小伙子驮着新娘，围着娘家的蒙古包，从右向左转三圈。这时，新娘的舅舅用盘子托着五个油饼，上面放上羊肠子和羊肝，对着姑娘喊道：

女儿呀，把你脸转过来
再看一看你的娘家人
看一看你熟悉的家吧

新娘已经泣不成声，我陪着布娃阿妈站在人群后面，她一边擦泪一边看着女儿随着众人离去，送嫁的歌声此时也达到了高潮，几十个女人用离别长调，一声声如泣如诉，直唱到众人落泪，女儿一步三回头，久久不愿离开母亲的怀抱。

当迎亲的人们完成一切程序到了男方家后，又是从右到左转三圈后下马。新娘进屋后，给公公婆婆磕头。送亲的人们给男方的父母敬上酒和食品，说祝福的话。一部分人要回去，而陪着新娘的娘家嫂子及伴娘要到第二天才回去。

新娘到了婆家，便坐在新床的帷幕后。挂帷幕也是土尔扈特婚俗中特有的一种。帷幕上绣十二生肖或花鸟图案，非常好看。只可惜用的时间并不多，三天后，新娘的母亲来揭去后，就不再用它。揭之前，新娘不能随便走出来。

因未能参加男方的婚礼现场，后面诸如磕头礼、揭帷幕等程序都未能观赏到，但是，因为长期在牧区行走，对于其中的环节或多或少均进行过采访，感触颇深。

　　一场完整的土尔扈特蒙古族婚事要经历几年的时间，可谓浩大而漫长。游牧生活虽然自由清静，但也单调清苦。平时一家一户都在自己的草场放牧，从春到秋，追着牲畜不停地转场、搬家，只有在草长莺飞、牛肥马壮的秋季，以自己或亲友的婚姻大事为由头，分散在草原深处的牧人们才能真正见面、欢聚，这也是土尔扈特婚事时间长、程序多的原因之一吧。纵观土尔扈特蒙古族婚事，整个过程就像一部音乐歌剧，每一场都有念白、独唱、对唱，是土尔扈特人的民歌与风俗的大会餐。透过漫长的婚礼，我们可以看到这个民族豁达、率真、充满激情、懂得寻找快乐的心态，也能够感受到这个民族丰富的精神世界和乐观向上的生活态度。

我和桑布

桑布说："找了你好久，是因为有一些文字上的东西想找你看看。"

我说："我也找了你好久，是因为早就听人说桑布是魔鬼桑布、野驴桑布和摄影狂桑布，我想看看真人桑布。"

桑布说，看到他作品的人都以为他是一个小老头，照片中多多少少都存在一些沧桑，结果一看人，才知道是个三十出头的小伙子。

我说，看文字、听声音，都以为我是个小姑娘，结果一看人，才发现是个一脸沧桑的小老太。

看来，我们的确应该早点见面，在我们的身上至少有一点共同之处，那就是沧桑。虽然我们的年龄都还不配用"沧桑"，但人们如是说，我们就认了吧。

我们坐在县城一家小小的茶吧，茶吧里挂了好几幅桑布的摄影作品，我们没有客套，直接就扯起摄影和草原的事儿。

桑布手里捏着本书，打开又合上，合上又打开，我觉得那是桑布下意识的动作，他是有些急不可耐，要告诉我他的巴音布鲁克，他的雪山，他的河流，他的雪豹、天鹅，他的山野夜空，他一次次深入无人区的孤旅，以及十年来用山人笨法子记录山间瞬间的故事。

我装模作样拿个小本，煞有介事抓着笔，打算记点什么，结果什么也没记，听着桑布那些来自大山深处的经历，我有点迷失，鸡啄米样只顾点头。

桑布的眼睛很纯，笑声很真，确切地说如同那山、那水，那些狂奔、嬉戏的山中生灵，自由率真，没有丝毫造作，是一个纯净的、没被熏染过的自然人。

我说："好吧，桑布，我们先说魔鬼桑布。"

桑布说："这个简单，给我一小瓶易拉罐啤酒、一把生肉干，我就能在野外走三天。"

我说："深山老林断粮断水怎么办？"

桑布说："巴音布鲁克是我的摇篮，我在它的气息里长大，走进它的怀抱怎么可能饿死呢？"

我说："这话怎么说？"

桑布说："怎么说呢，只有真正走进它才会知道。走在大山里就像走在自家的田园里，没有食物时，遍地野花、野草能充饥，草叶、花瓣上的露水能解渴。实在饿了不是有雪豹吸干血丢下的北山羊吗，那肉生吃可顶饿了。"

我说："这么绝对？如果是迷路，或从悬崖上摔下，或掉进冰窟窿，你的'摇篮'能救你吗？"

桑布憨憨一笑："你说对了，这些我都经历过。人家说我摄影水平臭、设备差，可搞出的东西还不错，我一直想对人家说，不是巴音布鲁克草原上的风景好，是那里的人好。美好的心灵才会有美好的风景。每次遇险都是素不相识的牧民把我驮回家，把我冻僵的身体焐在怀里，我是草原的儿子，是那里所有牧民的儿

子。他们都知道赶羊群的人堆里出了个爱照相的桑布，他们喜欢呢，我不要命地在山里跑，他们也喜欢，他们说野人才能这样。"

我说："茹毛饮血我做不到，但是，真到命都保不住的地步，我会考虑试着吃点生肉。"

桑布吸了一口烟，很不以为然："这个机会你没有，你这样单薄的身体根本就去不了无人区。"

我赞同。

我说："那就说说野驴桑布吧。"

桑布极开心地笑了，笑声还是憨憨的、真真的，脸上光灿灿的，甚至还掺进一丝浅浅的得意。

桑布问我会骑马不，我说会，但骑得不是很地道。

他说："马正常走的速度我基本撵得上。在山里，如果路不十分险，负重25公斤情况下，一天能走六七十公里。要是寻找和跟踪雪豹、北山羊、野猪这样的动物，是根本没有路的，只有跟着它们在山崖上的足迹行走，不会登山、徒步、野外生活的人一般做不到。"

我说："这些事我不敢想，这辈子也做不到。"

桑布不好意思地一笑："人们把野外行走和探险的人叫驴，经验丰富的是老驴，刚开始走的是新驴。驴最大的特点是耐力好，能长时间行走。户外探险的人一般是结伴而行，我是一个人独来独往，所以人家叫我野驴。"

我说："原来是这样啊。那好，现在让我来小结一下。因为有了魔鬼桑布、野驴桑布，你已经不满足单纯行走，而要用镜头记录下经历，所以诞生了摄影狂桑布，对吧？"

桑布把手中翻了好多次的书按在桌上，忽然有些拘谨地看着我说："苏姐姐，你、你总结错了。"

我哈哈大笑说："别急别急，错就错了，我不介意，别叫我姐，我怕叫老，我是按常规推理，还是你来说吧。"

桑布端起果汁跟我碰了一下，喝了一口，又点燃一支烟，情绪好像不似先前那样快活了，我默默注视着他，等待着。

桑布说："我不是好儿子，从小到大都特立独行，让爸爸很伤心。也不像你读的书多，说话一套套的。你别笑话我，说了半天我没告诉你，其实我对摄影一窍不通，可就迷这个，我所做的一切就是为了摄影，就是想把巴音布鲁克草原上最美的东西拍下来。"

我说："你订阅摄影方面的杂志吗？"他说从来没有。

我说："你看过摄影方面书吗？"他说没看过。

我说："你知道有个《国家地理》杂志吗？"他说不知道。

我说："你知道自己在做什么吗？"

桑布说："知道。从十年前姐姐送我一部TOMA616傻瓜相机开始，我发现那东西可以把平时看着很普通的东西拍得非常美丽，就迷上了它。后来遇到国内外好多大摄影家到巴音布鲁克草原去采风，看他们把我熟悉的环境拍得那么震撼，我更是抑制不住想去试试。我不懂什么是摄影，也没好设备，可我离这块土地那么近，对它那么了解，很多更美的东西是外人不了解也看不到的，我干吗不可以试试呢？拍了这么多年，我一直不知道自己拍的东西好还是不好，每次遇到大摄影家，我不管三七二十一，把自己的片子统统拿出来让他们看，然后我观察他们的表情，他们在哪个片子上停留的时间长一些，我就回去认真研究这个片子，人家看都不看的片子我就扔一边，我甚至拎一大兜片子，愣头愣

脑冲进新疆著名摄影家晏先的办公室让他看。"

　　说了很久，在不知是第多少次打开那本书时，桑布从里面羞怯地抽出一页纸递给我，说："这个你帮我看看吧，我文化不高，字也不好。"说完自己先憨憨地一笑。

　　一张浅黄色广告宣传单，纸质很差，背面是桑布并不难认的字迹："脚步不停地走，无法停止，也许想拍两张让自己笑出声的图片，可是总没有。走着吧，在暗夜寻找我的光明。"

　　"在野外独自行走遇到牧民，他们看我背大包小包，就问我做什么去，这时，我心里最想说的就是'回家'。一走就是几十天，白天夜晚最难忘的就是寂寞！想着在家的朋友们，想着跟他们聊天、和妻子儿子一起打雪仗的情景……真回到喧嚣的城里，我又像一个局外人，心又回到草原，那时才知道真正的寂寞。走着吧，活着，一切都会好的。"

　　"我土生土长在这片大草原上，十一年的摄影，我一个山头一个山头地走完了这里，我爱草原……"

　　"想做一个光头艺人，那感觉一定不累。"

　　一共就这么多，我看了两遍，桑布惶惑地说："是我随便想的，我想出个自己的画册，一点资金也没有，好多片子我连冲洗的资金都没有，洗出的片子一个字也没有，人家说，不配文字，作品就没活起来，所以我来找你。"

　　我认真地看着桑布的眼睛说："桑布，你能行，就凭你随便写的这几句，比那些专门雕琢出的语言好百倍，别人有好机子、好文字，可没你这样的磨砺和感受。慢慢做，好好做，记住，苍天不负苦心人的！"

　　桑布的眼睛放出孩童般的光来，一遍遍追问："我行吗？我可以吗？"

我说，一定可以的。

后来，桑布背了一大包底版和图片来我家，给我一张张说他拍片的经历，给我说拍雪豹时的惊恐，与野猪的对峙，遭遇狼在帐外嗥叫，吃了毒蘑菇浑身麻木的感觉。我们把感觉好的片子配了文字，放进电脑里保存起来。

再后来，好像是八月中旬的一个晚上，忽然接到桑布的电话，他问我："苏姐，你猜我现在在哪儿？"我说："你在哪？"他说他在大山口，从开都河源头一直走下来，走了八天了，准备走到塔里木，这次一定能出几张好片子。

再后来，好像是"十一"过后的一个深夜，十二点了，桑布打来电话，这次我有准备，我说："桑布，这回你又野到哪儿了？"桑布憨憨笑着说："我在天鹅湖的第六个弯处呢，再走两个小时就可以到三乡的库热（喇嘛庙）了。这里四周真静呀，静得我只能听到心跳，这么晚给你打电话没事吧？"我说："没事，你什么时候打都没事。"桑布在那端开心地笑了。

我说："桑布，你这么辛苦是为什么，不就是想出点好东西吗？你的东西好不好你不知道，我不知道，可有人知道。明白我说的意思吗？"

桑布说："不明白。"

我说："你要推销自己，你要学着投稿，你的有些作品绝对是别人拍不到的。别人用长镜头、广角镜、高档摄影设备拍作品，你没有，可你是在用眼睛、心灵和脚拍，这样的感觉是不一样的。"桑布沉默片刻说："好，我试试。"

再后来，就在前不久的一个早晨，桑布欣喜地打来电话：

"苏姐，我的作品获奖了，在全疆获奖，五十多幅作品中，我有十二幅入选，拿了三个奖项，昨天一夜没睡，早晨一起来就给你打电话了。"

我说："桑布，好样的。"

桑布，大山里的桑布，工资不够洗相片、胶片靠同行赠、像迷恋情人一样迷恋摄影的桑布。

与美丽邂逅

一

2009年11月6日，一个再寻常不过的日子，但对于我，却是一个美丽的邂逅。

一整天的微风与阴雨裹挟着秋冬之交的寒气，让我手脚冰凉，但是一天的奔波和采访却让我快乐无比。傍晚时分回到宾馆，思绪与手指没有因寒冷而僵硬，反而显得异常活跃。打开电脑，手指在键盘上敲出从没有过的灵巧，思绪始终处在亢奋之中，往往前句还没打完，后句又泉涌而来，各种感触在脑际抢着发言，竟然让我打到屏幕上的文字有些语无伦次。我离开电脑，倒杯水，踱到窗前，打算让自己静一静。窗外，已是暮色苍茫，雨虽已停，风却比白天刮得更紧，寒气也更重了。抬头远望，天边有一抹晚霞，竟是绚烂得让人窒息，像一位冷艳的霓裳少女，将连绵的赛尔群山，连同山中这座宁静小城辉映得娇羞可人。我赶紧拿出相机，打开窗，将身子探到窗外，测光、对焦、拉伸，把那一抹即将隐没的绚烂记在胶片中。

二

到和布克赛尔蒙古自治县的计划早在今年6月就确定，却因这样那样的事儿，一拖再拖，当终于行色匆匆踏上这块土地时，一看日期吃了一惊，多么巧合！又是11月6日！

2006年11月6日，为了探寻和触摸土尔扈特蒙古族多姿多彩的历史文化，我从千里之外的巴音郭楞蒙古自治州来到这里，以一个汉族人的眼睛第一次发现：一个同根同族的部落，因生活在两个不同地域，彼此间在风俗、文化等方面竟然有那么多差异！那是一种新鲜、好奇、惊讶，一种潜意识不自觉的对比。

土尔扈特，这个伟大智慧的民族，迷恋它，似乎是上天的安排。

我从小生活在一个纯汉族地区，几乎没见过其他少数民族。此生最不爱做的事之一就是刻意，什么事儿都喜欢顺其自然。而与土尔扈特从陌生到相识、结缘，我觉得就是天意。与他们每一次邂逅，都是不可思议的巧合。比如11月6日这个日子，相隔三年，不用刻意计划和等待，往事今事奇妙重叠，像电影的回放镜头，所有的时间、地点、人物、事件都是那么惊人的相似，它让我相信，我与土尔扈特一定有着某种不解之缘。

喜欢和迷恋这个民族，不仅仅因为他们曾经有过跨国大迁徙的惊世之举，还因为这个民族的豁达、包容、善于接纳和学习别人长处的特点。每每在寻寻觅觅中触摸到他们的往事，搓起他们记忆的毛边，总让我忍不住窥了一遍又一遍，心中感慨像海浪，一层未退，一层又扑将上来。

2006年11月，我在和布克赛尔蒙古自治县的牧区采访，看到一位穿裙子的老阿妈，我的眼瞪得溜圆。以我在巴音郭楞蒙古自治州生活十多年的阅历，只知道土尔扈特蒙古族老阿妈的家居服饰不是宽大的长袍就是裤装，没有穿裙子的，没承想和布克赛尔的土尔扈特老阿妈的家居服饰会像哈萨克族妇女一样，着实让人惊奇！当时在一牧民家还看到一件传统蒙古族女袍，虽然款式与我之前见到的土尔扈特传统女袍很相似，但做工与做法却有天壤之别，那上面极尽一个女人对生活的诠释与期盼，千丝万缕细细密密缝制出来的是一个又一个期望，我又是一番惊叹，差别咋这么大？为什么会这样？

因为时间紧，短短一周的采访转眼就过去，而这些疑问却被我装在心里，一直无处消解。第二次踏上这块土地，一个主要原因，就是为了消解心中这份疑问。

2009年11月6日，我像一只猎犬，再次踏上嗅访土尔扈特东归气息的征程。感触最深的是：新疆真的好大！当年清廷统治者的策略也真是好厉害！他们把万里归来的蒙古族人化整为零，东西南北切成六块，上下相距千里之遥，在依靠脚力和马匹的时代，即便有千变万化的锦囊妙计，这支跨国归来的骁勇之师想在一夜之间抱团而起，那是比登天还难！单这千里之遥的讯息传递就不知要贻误多少战机呢。这样的策略，就统治者而言，为确保一方稳定和安宁而为之，无可厚非。但是，从另一个角度看，清廷此举也说明回归的这支部落不可小视。一支17万人的庞大队伍，男男女女，老老少少，拖家带口，风餐露宿，茹毛饮血，一路拼杀，迢迢万里能回来，就证明他们不一般！这样的队伍、这样的民族不能不让人瞠目！

整整一天一夜，近千公里路程就在我这样胡思乱想中走过。

三

一到和布克赛尔蒙古自治县，就迫不及待地去找我的同行、老师叶尔达先生。这是个学者型的土尔扈特蒙古族人，除保留了马背民族开朗、豪爽、健壮的特点外，身上又多了一些学者的严谨、谦和与执着。见面没有客套，直奔主题，从历史到学术再到今天的发展，每个话题都围绕着一个中心——土尔扈特部落的人和事。不知不觉一下午的时间被我们聊了个精光，我们相约第二天去牧民家里采访。

接近初冬的和布克赛尔显得格外宁静，也许是因为时断时续的毛毛细雨，在去铁布肯乌散乡孟根布拉克村的路上，我们没有看到牧民和羊群，群山、房屋，还有更遥远的村庄都笼罩在烟雨蒙蒙中，看上去与我熟悉的巴音布鲁克大草原有几分相似，但不同的是，一路下来，我发现这里几乎每个山头都有一个人工堆积的、大小不等的石堆。远远看上去，好像有人站在山梁上张望。我很是好奇，问叶尔达老师咋回事，不会都是敖包吧？叶老师笑了：哪里会有这么多敖包呢！这些石堆跟敖包无关，它是牧民作路标和划分草场用的。

来到孟根布拉克村，叶尔达老师将我径直带到布音塔家，布音塔原是这个村的小学校长，现已退休，在当地为土尔扈特传统文化保护与挖掘做过不少工作。听说我从巴音郭楞蒙古自治州来，他十分开心，一边奉上茶点，一边向我打听巴州土尔扈特部落的情况。叶尔达老师说明来意，布音塔老师爽快地说："你们稍等，我去给你们找人。"不一会儿，来了四五个蒙古族妇女，手上拎着大包小包，她们像变魔术一样，我还未反应过来，已把地上、沙发上、墙上铺满了花毡、茶袋等传统用具，几个阿妈还换上了最具特色的土尔扈特传统袍服。这让我一下子乐得合不拢嘴，举起相机横拍竖拍，忙得不亦乐乎。

那个叫开尔孟的大妈，看到我的相机对准她，一点不怯场，竟然大大方方一边做着打酥油动作，一边唱起打酥油的歌谣，大意是：牛儿你多多产奶，酥油你快快出来，奶桶你好好工作。美丽的衣裳，配以大妈娴熟的动作，还有欢快的歌谣，感染着在场的每一个人，更让我这个痴迷土尔扈特风情的汉家女子兴奋得像喝醉了酒，贪心得恨不能一口气把所有的人、事、物都收进我小小的相机。

当我把镜头对准地毯上一件漂亮的袍子时，一直在一边看我拍照的陶尔盖阿妈过来对我说："拍我身上这件吧，那件做得一般，我身上这件值800多块钱呢，我花了三个多月时间才做好，扣子全部是银子的。"

面对这样朴实的土尔扈特老人，我不知说什么好。其实，这些年在从事土尔扈特民族文化挖掘中，我发现很多传统的东西正在丢失，或者被新鲜时尚的现代风情所同化，真正能延续下来的并不多，特别是这种传统女袍，真正原汁原味保留下来的几乎没有。它过去是巴音（富人）、诺颜（当官的）或者王族贵妇们才能享用的华服绣裳。那一整套复杂的裁剪、刺绣、贴绣、编织、缝制、珍珠玛瑙镶缀等工艺，一个女人没有一年半载的工夫很难完成。而拥有这样一件袍服也不可天天穿，只有在重大活动或者节日时，才偶尔一展它的风姿。这样的袍服也许是一个女人一生

的向往。拥有它，不仅能体现出女人的高贵优雅，而且是殷实的家境和较高社会地位的象征。最重要的是，这种直襟右衽、绣工复杂的土尔扈特传统女袍，在我国少数民族服装中是独一无二的。在我采访的经历中，见到最古老的袍服是和静县一位老阿妈冒着风险、藏进牛粪堆才躲过红卫兵搜查而保留下来的，那是60多年前老人的阿爸送给她的嫁妆。今天的人们大多是凭借以往的记忆及老照片，一点点恢复着它往日的风采。所以，能从今天人们的服饰中看到往昔岁月的痕迹，无论贵贱我都喜欢，都想把它们收入我的记忆U盘。

当我一顿狂拍结束，细细品评和询问那些袍服上花纹图案的含义、式样的名称时，再次感受到地域差异所带来的审美差异是多么强大，比如这种极具代表性的土尔扈特传统女袍。在巴音郭楞蒙古自治州采访时，老人们告诉我，这种款式是祖辈一代代传下来的，她们的袍子是最正宗的！而到了和布克赛尔蒙古自治县，这里的老人告诉我，她们保留着最传统的做法，她们才是正宗的。而我，作为一个汉族人，一个旁观者，并不想追究谁更正宗，更传统，我关注的焦点是它们的共性与个性。同根同族，同时归来的部落，为什么会产生个性差异。虽然它们在款式、选材上非常接近，但在巴音郭楞蒙古自治州地区，传统女袍只有前襟与袖子上绣花，采用的是织、贴、绣的手法，花纹图案大方醒目，对比鲜明，穿这种袍服，不束腰带，袍子下摆、后背、领子均不绣花，但必须要配以绣工华美的帽子、古老的发式和辫饰，看上去富丽堂皇。而和布克赛尔蒙古自治县的传统女袍基本以绣、纳为主，从领口、前襟、后背、袖口到下摆，几乎都是用细密的针脚纳绣出各种对称的线条、几何图案和对称的细小花形，后腰部还有一条绣工精美的腰带。这些图案中，不仅有土尔扈特传统图案，还包含一些哈萨克族的图案元素。我想这与和布克赛尔蒙古自治县人口成分中汉族、蒙古族、哈萨克族各占三分之一，又长期交融、共同生活、互相影响分不开的。民族间的交融是人类发展的必然，也是人类进步的必然。但是，无论民族融合多么深入，每个民族鲜明的个性特征是不会轻易消失的。

　　在抚摸一件件精美的袍服时，我发现那些在门襟、下摆细细密密纳出的针脚组成的各种图案不仅美观好看，而且经过反复纳绣，像我们小时候母亲纳绣的鞋垫一样，各个边沿变得厚实挺阔，无形中让衣服变得结实耐穿，这是我看到的和布克赛尔与巴音郭楞两地同一服装最大的不同点，也许这就是两地的土尔扈特女子们对美丽的两种诠释、对生活的不同期望！另一个显著的区别是，这里年长一些的妇女喜欢选用纯黑面料，以五彩丝线纳绣出各色图案花纹，使整个袍子显得庄重典雅又不乏喜庆。而年轻媳妇们选用湖蓝、紫红等亮丽的面料时，丝线的颜色便选择与面料相近的进行纳绣，巧妙的色彩过渡使艳丽的底色不至于太扎眼，达到一种协调美。在巴音郭楞蒙古自治州地区极少见到选用纯黑面料做袍子，而是选用深蓝、深绿、深紫等，配以色泽明快的手织与手绣图案和花朵，最主要的是要配一对绣工精致的大辫袋和一顶镶嵌了宝石、金银的脱尔次克圆帽，显得贵气十足。这让我想起土尔扈特老人们曾经告诉我的话：过去置办这样一件衣服不容易，太贵，太费时！谁家要有这样一件袍服都会细心保管，一代代传下去，母亲传给女儿，女儿传给孩子，而且还时常被那些没有能力置办的人家借去参加重大活动。一件衣服携带了几代人的爱慕，浓缩了几代人的亲情呵护，传递着那么多的美丽

情结，想想是多么美妙的事情啊！

当我把这一切拉拉杂杂记录下来时，已是深夜。打开相机，又从头至尾翻看白天拍的片子，当翻到最后又看到暮色中那一抹凄艳的晚霞，心中一颤，邂逅这份美丽的机遇真的是不多啊！

不知道这些美丽的图案和独特的服饰，连同那凄艳的晚霞，明天还会不会再现，真的希望多年以后，我们的后人会记得这些曾绽放过的美丽。

妈妈的味道

已近年关，家家忙着准备年事，蒙尕老阿妈也不例外。为了儿孙们过年回来能吃到可口的"妈妈味"，她已经忙了好多天，今天她要准备的是肉食和面食。

肉食除了早在入冬时就晾好的牛肉干、羊肉干外，今天她主要是要将新宰杀的羊做一个粗加工，变成半成品，以保证孩子们回家随时能吃到现成的。

她一大早便让儿子铁木尔巴图把自家养的一只肥羊给杀了。我去时，蒙尕阿妈正坐在院中清理羊下水，高度近视的阿妈坐在寒风中，专心致志地整理着羊肠、羊肚和羊肺，铁木尔巴图对她说我是来向她学做蒙古族饭的，老人和善地说："好，好，蒙古饭简单，没啥学的，看看就会。"我说："我能帮您做什么？"她说："不用，你随便看看就行了。"于是我拿着相机，东看西看，东拍西拍。

给她打下手的是大女儿乌云其米格、儿媳朝鲁蒙、外孙女赛琴。乌云其米格在忙着和面，准备炸油果子，儿媳朝鲁蒙坐在灶前择菜、剥葱姜蒜，正在上大学的外孙女赛琴给奶奶打下手，儿子们都在忙各自的事。

阿妈一边忙活，一边请我进屋，让女儿乌云其米格舀出一小

碗包次来让我尝。这是蒙古族人家自制的、过年待客的一种饮品。乌云其米格说，一定要尝尝，虽然都是蒙古族人家做出来的，但是，一个妈妈一种味道。冲着她说的"一个妈妈一种味道"，我不顾胃寒，欣然端起这碗漂着两个红枣的乳白色液体，深深呷了一口，一股微酸、绵甜、略带酒香的味道立刻浸润了喉舌，果然是好东西。看我喝得津津有味，阿妈很自豪地用蒙古语告诉我她制作包次的独门手艺，小美女赛琴充当了我的临时翻译。

阿妈的制作流程是这样的：首先选上好的麦子洗净发芽、晾干，放入自制木臼里打碎备用。精选当年的新米煮粥，粥要不稠不稀，糯而不黏，恰到好处。待粥晾到刚好可以喝的温度，将打碎的麦芽撒在上面，盖好发酵2~3天，发酵到什么程度为宜，全凭每个制作者的经验，不但要观其色还要闻其味。然后用干净纱布过滤，将所有的渣滤尽后，倒入专门的瓷坛之中，放入洗干净的红枣、葡萄干、杏干，封存几日即可。随取随喝，极为方便。

品尝着蒙朵阿妈的包次，听着她详尽的介绍，我感觉，蒙古族人家自制的这个包次与汉族制作的醪糟有异曲同工之妙。可见，无论哪个民族，只要生活在同一个地球上，都会互相学习和融合。

说话间，一只整羊已分割完，下水也收拾利落，阿妈在另一间屋里忙活，我与朝鲁蒙聊着蒙古族人家过年的各种风俗，阿妈突然在那边用不熟练的汉语说："这个血肠子不拍一下吗？"阿妈的认真一下把屋里的人全逗乐了，我连忙抓起相机过去，只见阿妈将剁碎的葱姜及盐撒在凝固的血块上，然后反复捏搓，捏搓均匀后，把整理好的羊肚小肚部分切割下来，把血浆悉数倒进去，然后用竹签把口封好，形成一个超大香蕉形状，待孩子们归来，放锅里一煮，拿出切成块就可以吃了，营养又美味。这就是在土尔扈特蒙古人民中间流传甚广的传统美食——"东归热血"。

相传土尔扈特蒙古人民在首领渥巴锡汗的带领下，愤然起义，经过千难万险回到祖国，先期到达伊犁边境的只有一小部分，他们衣衫不整、人困马乏，极度虚弱，刚刚扎下营帐，伊犁地方官闻讯便赶来慰问，热情好客的土尔扈特人经过长达半年的战斗与跋涉，早已是家徒四壁，他们为拿不出款待客人的茶食而发愁。此时，一位聪明的土尔扈特大嫂突然想起马褡裤里还珍藏着几块奶酪和两段羊血肠，那是备着给年幼的儿子吃的，可惜儿子在途中夭折。大嫂连忙舀来伊犁河水，用奶酪烧出一锅奶茶，又将羊血肠加热切好，盛上来请客人食用。客人为土尔扈特人的真诚而感动，他象征性地拿起一片血肠放在口中，又抿了一口奶茶，没想到味道十分独特、醇美。他十分诧异地问："这是什么食物？"机灵的蒙古族大嫂说："这是热血肠，专门留给亲人吃的。"客人一听眼泪就下来了，说："你们拼了命万里归来，牺牲这么多，变得一贫如洗，仍然记得把救命的食物拿出来招待亲人，真是一腔热血啊！""东归热血"由此便流传下来。

虽然早就听过这个传说，但我们在一边实际操作时，再一次听阿妈讲述，仍然心潮澎湃。

做好了"东归热血"，阿妈又开始了相思肠的制作。相思肠相传源于出嫁的女儿对母亲的思念，因而做了这道表达思念的食物。此前，在民间采风时也有所耳闻，也在不同场合吃到过，但是如何做出来的却从未见过。

阿妈将羊肚肌肉较厚实的部分切下来，将连在羊心周边的膈

肉整片取下来，叫儿媳朝鲁蒙与她一起，将这些材料不断线地割成了一根有筷子宽的条，然后一起塞进洗净的羊肥肠中，她说做这个，重要的是选好材料，羊肚要选厚实的部分，心周围的肌肉虽然少，但是最有嚼劲，把它们装进羊肥肠里，有肥肠上的油中和，煮熟吃是越嚼越香。我问那些肉剁碎了装不是更容易吗？为什么要割成条还不让它断？这样装多费劲啊！阿妈说："这个你就不懂了，这样做出来的，一方面有嚼劲好吃，另一方面它是用心、肚、肠做的，长长的，女儿想妈妈也是长长的，这就是相思肠，怎么会断呢？"一句话让我感慨不已！

相思肠，蒙古族人又叫它牵肠挂肚，而相思肠的传说更让人感慨。

相传，从前一牧民家独生女儿出嫁后多年未生育，因而迟迟不能回娘家探望母亲，十分痛苦。因为在土尔扈特蒙古习俗中，女儿出嫁后，除了结婚时回门，必须等到生了孩子后，才能带着孩子、丈夫回娘家，以宽慰父母，女儿已有夫、有子、有一个完整的家了，其他时间不能随便回娘家。如果没有生孩子，说明家还不完整，无法向家人汇报，就不能回娘家。基于这种原因，女儿想念母亲，又不能与母亲相见，无奈之下，聪明的女儿就将羊肚、羊心膈上的肉切成长长的条，细心灌进羊肠中风干，托人给母亲送去。母亲看到这个立刻明白了女儿的心思，原来女儿是在告诉母亲：女儿是母亲身上掉下的肉，对母亲的思念像肚里的肠子，再多的曲折也不会断，母亲的深情都装在女儿心里，就像心与肠从不分离，而且会彼此整日牵肠挂肚。

已经76岁的蒙尕阿妈做完这些已经累得不行，但是，纯朴的阿妈认为我是贵客，难得向她讨教，一定还要炸油果子让我尝，实在拗不过她，在女儿乌云其米格协助下，阿妈又挽起袖子专门炸了一盘香甜小油果让我尝。外焦里软，油香里透着淡淡的奶香。

这是乌云其米格一大早起来，用老酵头加牛奶、鸡蛋、新鲜羊油脂和面的杰作。乌云其米格是家里的大姐，也是兄弟们公认的做饭跟阿妈一样好吃的人，作为家中的老大，她很早就替父母分担着家庭的责任，从小就跟随母亲学做家务，帮着阿妈照看弟弟妹妹，能成为阿妈做饭手艺的传人是再自然不过的事了。

说话间已中午，阿妈端上鲜香的手抓肉和美味的油果子招呼我们吃，一转眼阿妈却不见了，我问乌云其米格姐姐阿妈哪儿去了，姐姐说阿妈是虔诚的佛教信仰者，她去屋里礼佛去了。我赶忙蹑手蹑脚跟到阿妈的屋里，只见阿妈将新鲜出锅的羊右腿和炸的油果子供奉在佛龛前，仔细地捻出一撮藏香，放在香炉中点燃，在袅袅烟幕中，虔诚地叩拜着，祈祷着。望着阿妈那略显佝偻的身子，我忽然理解了乌云其米格姐姐说的"一个妈妈一种味道"的道理。她们用双手养育儿女的同时也书写着一个民族的历史，把经历揉搓进饭食里，用饭食记录经历，平实、执着、慈爱、宽厚、有信仰、有目标，这就是一个土尔扈特蒙古族老阿妈的味道。

爱过就不说后悔

7月1日

无论去城市、乡村，总是不慌不忙，唯独要去巴音布鲁克草原时，会显得迫不及待。借旅游卫视的广告：身未动，心已远。

早就知道，今年的巴音布鲁克草原格外热闹，因为全州第五届那达慕大会暨本地东归民间文化艺术节将在那里举行，一个庞大的筹备工作组早已进驻那里。

平心而论，不喜欢繁杂、拥挤、人山人海的场面，预想那里到时候一定不会安静的，这致使我进山的心情既无奈又欢喜。无奈的是，不想凑的那份热闹还是要凑的，因为在这场草原大派对中，有一个民间手工艺展是我关注的。平时都是背着包一村一户地找，现在有的地方让牧民将家中宝贝集中亮相，这样的机会于我是事半功倍的效果，再不情愿也要去；欢喜的是，总算可以暂时逃离网络、手机、人群，逃离单位那些没完没了又无实质意义的扯淡事，重返人间生活。

这是三年来最后一次只身进山采集民俗。在基本资料完成后，会发现一些细节或者关键点有待查证，因而出发前特意备了录音笔、笔记本电脑、相机。光各种充电器、数据线就有半包，很不理解那些产品设计者为什么不可以设计统一接口，这事比"神七"上天还难吗？

牢骚归牢骚，虽然摄影、电脑什么的水平一般，但有一帮心甘情愿帮我的人们，借给我的这些装备还算不错，看在他们热情支持的份上，此次就是有万难万苦也要把资料做全了再回来。

为避开7月12日那达慕大会的人流高峰，也为赶上农历六月初四土尔扈特人祭奠塔格勒根（即通常说的敖包）的仪式，我提前半月上山，计划是先到牧户家中采访，把该做的都做完，赶在那达慕大会开幕第二天，从山里回到镇上，然后直扑民间手工艺展，锁定目标，搞完就撤，一分钟不停留。

怀揣了如意算盘和大大小小的"武器"，我在女儿的睡梦里踏上了长长的山路。

从县城通向巴音布鲁克区有280公里，土尔扈特人的通常说法是一天看到的地方，就不算远，可是这条路已开工修了四年，依然没完工，总是一段可行，一段不可行，一截在路上，一截在沟里，完工的日期总是一拖再拖。路况不用看，坐在车里就能感觉到，一直是颠簸着、跳跃着。但这并不会影响到我观赏车外风景的心情。

从平原到山区，从荒芜到青绿，从干燥到润朗，心随景动，一切烦扰在一点点剥离、脱落，丢弃在了漫长的旅途中。

进入小尤勒图斯草原，绿色渐渐充盈起来，星星点点的蒙古包像草甸上生出的鲜嫩的蘑菇，山腰间慢慢移动的羊群像白云投影在大地上。

每一次踏进这片神奇的草原，看到那连绵起伏的绿色山峦，总会莫名其妙地把它与母亲的乳房联系在一起，那些缓缓隆起又

缓缓降下去的山峦真的很像母亲的乳房，总有一种伸手去抚摸的欲望，这种感觉走近一次就会强烈一次。这一次也不例外，真不知道自己的思维是在哪个环节出了差错，为什么会有这样的联想。

7月2日

走了九个小时，总算到达了巴音布鲁克镇，安顿好已经十点多，下楼遇到在这里筹备"东归那达慕艺术节"的王副县长等人，得知我一个人上山来搜集资料，多少有点吃惊，正好他们有个应酬，要我一同去，我说要喝酒就不去。王副县长说，不喝，去吧。

地点是在一个牧民的风情园内。奶茶、风干肉、手抓肉盛了满满一桌，真没特别劝酒，大家谈的更多的是筹备"东归那达慕艺术节"的工作，看来事情很多，接待任务太重了，谁都想一睹草原上这场大派对的盛况，可这里是辽阔的草原，是牧人和牛羊的家，能安置城里来的，有卫生间、淋浴、电视、宽带、标准间的地方实在有限。听着他们犯愁地谈论，我想，我住的这家宾馆也是有限的几家之一，到时肯定征用，还是早点找户牧民家搬出去，省得让别人来催。

回来已经十二点多了，简单洗漱后便上床休息，脑子还琢磨将要开展的工作，明天应该从哪里入手。

迷迷糊糊不知是几点，梦中觉得身体被什么压住，好疼，胃里翻江倒海一样难受，顺手抓个枕头塞到腹下，还痛，只好爬起来打算烧点开水。一起身天旋地转，浑身骨头酸疼，一股极酸的液体冲向喉咙，跑进卫生间，满口又酸又苦的东西直接喷射出来。一阵狂吐后，终于可以喘口气，晃晃悠悠站起来一看，马桶内一片褐色，脑子一下蒙了，第一反应：会不会又胃出血了？

勉强扶着墙回到床上休息了一会儿，等待下一次呕吐发作。我要确认是不是真的胃出血，半小时过去，没有要吐的迹象，但是浑身骨头疼痛得更厉害，特别是颈椎、腰椎和尾椎，疼得让人坐卧不宁，明显是在发烧，只好起来烧点开水，翻出随身带的药，感冒通、阿莫西林、VC一气猛灌，然后缩进被中，一边想着假如死在举目无亲的草原上，所整理的这四本半成品书将托付给谁来继续，还欠表弟的几万元要交代什么人来处理，我的尸体是不是可以交给蒙古族朋友帮我葬了，也好应了那句"来于尘归于尘"，一边等待药物发生作用，快快入睡。不知何时一身大汗醒来，看看窗外已天亮，身上也轻松很多，出来吃早饭时，忽然碰见早先的同事，说是带一帮客人准备去天鹅湖，想到天鹅湖还有一些景我没取上，来回七八十公里，我一个人单枪匹马，无车无人去一趟实在难，不如跟了他们一起去，说妥了，就回房间快快拿了相机上了车。车上是一群来自某县党办的人员，看他们对巴音布鲁克一脸茫然的样子，我便自告奋勇做起了讲解，巴音布鲁克的来历，两座名山的来历，天鹅湖的传说，土尔扈特部落与土尔扈特人，等等，看到大家专注的表情，心里多少有些安慰。但此时，又隐隐感到身体的某个部位在疼痛，只好忍着，接着便觉得浑身寒冷，渐渐四肢有点冷木的感觉，看看周围的人，都穿着短袖，最多的也就穿件长袖，而我穿着羊毛衫和外套，依然冷得发抖，暗叹，坏了，这病又撵上来了，看看快到三乡，心想，不行就找三乡乡长，让他帮忙找个房间吃点药睡下，等车从天鹅湖

下来时再把我捎回去，计划完不成下回再来，因为乡长也是我早先的同事。没承想好不容易到三乡，下去一打听，乡里一个人也没有，全到巴音布鲁克区参加人工铺草坪去了，只能随大家继续向天鹅湖行进。

虽与车上人不熟悉，但有先前的一番介绍，多少也认识一点，坐在我边上的朗主任得知我在发烧，赶快让人找药，找了半天只有阿莫西林，也管不了那么多，是药就往肚里吞。到了天鹅湖景区，因要步行两公里才可看到天鹅湖，而我此时连抬脚的力气也没有了，只好眼看着其他人兴高采烈冲下车奔向天鹅湖，我守在车上难受又无助地等待。原计划的走访几个人，还有三年未去、想好好拍几张片子的天鹅湖，全部被身体的疼痛挤压成粉末。

车停在去天鹅湖的入口处，有很多牧民的孩子骑马在那里等待游客租马，可大多游人都选择徒步上去，在广阔的草原漫步也是一种难得的享受。

一阵熙熙攘攘过后，草原又复归平静，孩子们无聊地坐在马上打盹，或躺在草地上休息，开车师傅走时关好所有窗户，锁了门，嘱咐我好好睡一会儿。许是药力作用，蜷缩在座位上一会儿就昏睡过去，不知过了多久，猛然醒来，发现四周静悄悄的，那些等待出租的马儿蔫蔫地勾着头，那些盼望游客的孩子们没有了踪影，远处的蒙古包、羊群、天上的云在这一刻似乎都停止了。车内被晒得像蒸笼，我吃力地翻起身，尾椎骨一阵刺疼，拉开一扇窗，向外看了一眼，忽然车底下传来说话声，吓我一跳。原来孩子们都躲到车下找阴凉呢，我推窗把他们也吓了一跳，他们没发现车里还有一个人。

看看时间，下午两点半，拿出矿泉水，再抠几粒阿莫西林塞进嘴中，复又躺下，一会儿就睡死过去。

迷迷糊糊有人开门，原来上天鹅湖的人已经回来，准备在景区风情园内吃饭，来搬酒顺带叫我一起去，我哪有食欲和力气去那场合啊，神志似乎都有点不清楚，谢绝了人家的好意，又吞下两粒阿莫西林，继续在车座上翻烧饼昏睡。

再次醒来，是让喝得神采飞扬的人们大呼小叫吵醒的，艰难地坐起，挤到车座最里角，自己好像也喝了酒一样，天旋地转。因酒精而兴奋的人们在行进的车上手舞足蹈，引吭高歌，还没反应过来怎么回事，忽然车内尖叫声四起，矿泉水劈头盖脸洒下来，接着是啤酒，继而是白酒，一时车内一片混乱。第一次看到酒精让人失控的状态，十分吃惊，连忙拉起窗帘盖在头上，可身上、坐垫全湿了。

疯狂过后，有人提议唱歌，于是各种声音再次响起，真不知我当时是怎么了，在那样的环境中竟然再次昏睡过去，再醒来时，车已到宾馆。

跌跌撞撞进了房间，什么也不管，三两下脱了湿衣服，倒杯凉水，翻开背包，找出带的东西，只要是药，都抠两粒，凑了一把吞下去，然后把两床被、两条毛毯全压在身上，闭起眼告诉自己，成败就这一下，活是我命，死就喂乌鸦。

嗓子一阵难受，不由自主吐出一口，一下睁开了眼，感觉好像吐在了枕头上，摸开灯一看，天！枕头上鲜红一片，第一反应居然是把宾馆的枕头弄脏了是要赔钱的（真是佩服自己的奇葩思维）。立马跳下床抱了枕头到卫生间冲洗，洗完再上床才感到浑身透湿，夜里竟然出了一身大汗。

靠在床头想了想，这好像是第三次半夜吐血，但愿跟以前一样什么事也没有。

缓过劲，又起来吞下了一大把药，想着明天也许就好了，工作不至中断，又睡过去。

好像中午十二点，服务员来清理房间，被惊醒，含含糊糊地说："别打扫了，我在呢。"听到人悄悄离去，想继续睡，却睡不着了，想想不如起来转转，刚翻身下地，莫名其妙一头倒下，好奇怪，摸摸头，扶床边慢慢爬起，发现脑子不是一般的晕，想一想，两天好像水米未进，又爬上床喘息了一阵。为节省有限的体力，靠在床头仔细谋划下床要做的事：先打开烧水器，上卫生间，回来倒开水，顺带拿放在抽屉里巧克力，一起送到床边，再给手机充电，把笔记本搬到床上，做好这些已气喘吁吁。

喝了水，吃了巧克力，灵魂好像在草原上浪了一圈又回到身体里，虽然感觉很虚弱，但身体是轻松的，很开心地打开笔记本电脑，随手便打上了"爱过就不说后悔"几个字。

7月4日

下午精神好了很多，就是走路有点晃。桑布刚从山里回来，听到我病了快快赶来，不一会儿，邀请的翻译巴特也在失联两天后赶来，不知是因为见到同伴还是因为我自己开的处方，反正一切都好了，我们在一起计划这一周的工作。桑布停止进山计划，协助我拍民俗及旧物，巴特白天在单位上忙，下班来我房间翻译资料。

时间上，7月6日上午，桑布去汗蒙加甫（即父亲山），拍摄祭敖包全程。我和巴特去德金巴吾（即母亲山），拍摄祭敖包全程，之后采访两位民间艺人，下午准备进山物品；7—9日，去赛罕陶海、骆驼脖子和奎克乌松三地走访民间艺人，搜集民间遗留的传统生活用品，拍摄民俗照片；10日返回，11日参加"东归那达慕艺术节"，目标拍摄民间手工艺。然后各回各家，各找各妈。

一切商量妥当，我们三人冒着细雨来到一家回族饭馆，一人吃了一大碗汤面片，呵，真舒服！

7月5日

还在吃早餐，巴特就来了，他要赶在上班前把我送到一个家中有旧物的牧民那里，然后回去上班，说好由桑布拍摄，我来了解，结果桑布一直关机，我们只好先去。

这家牧民还没起床，巴特敲了半天才起来，听说我们是来看他们家上辈留下的宝贝，马上起来招呼我们进屋，东西就挂在墙上，第一眼我就认定那个牛皮酒壶年代不短，因为从外形至花纹都是我前不久在央视鉴定栏目见到过的，当时专家说有一二百年历史。我想，一个憨厚的牧民，他没有理由、也没心思做一个赝品放在家中的。主人叫那乃，是三乡的一户牧民，见我眼盯着墙上看，马上全部取下来，捧到我面前桌子上，他妻子又从碗柜中取出七只小银碗、一只奶酒碗，一股脑儿摆在我面前，真不知对这样纯朴的人们说什么好了。那乃说，这个壶连同七只小银碗和那只盛放德吉的奶茶碗，都是爷爷的爷爷留下来的，算到他这一代已经一百多年了。

那酒壶和已磨钝了刃的腰刀，不用说，都是牧人从不离身的器物，甚至是他们身体或者生命的一部分。同时他们还拿出当年祖辈打猎时装子弹、装火药、擦枪管的一套小物件，有皮制、木制和牛角、羊角制的。我端起相机，一件一件把它们全部拍下来，然后又给桑布打电话，桑布是睡过了头，在匆匆忙忙往这里赶，他有比我强百倍的设备，还有比我强百倍的技术，我希望他能把这些东西拍得更完美。

一来二去，我们竟然折腾到了十二点，其间，那乃的妻子送孩子上学去了，那乃不停有电话进来，直觉告诉我，是有人在催他去做什么，一问桑布，原来是他们队里抽人去区上集体搭蒙古包，队长在骂他。我一下子过意不去，催桑布快快拍，然后帮那乃收拾好东西，让他快去。那乃憨厚地一笑："没事，我快去就行了。"说着快步走了。

从那乃家出来，我和桑布准备去找一个曾经在这里做放映员的大叔，这是我上山前就跟老人家约好的。背着各自的机子，走在这个并不算太大的镇子上，人们并没有十分关注我们，但是，桑布却感觉极不适应，他说，习惯了一个人在山里走，忽然走进人多的地方特别不自在。我说："这里人都认识你呀，有什么不自在？"他说："看惯了山，看人就怪怪的。"

这个桑布，看来他只属于大山和草原。

7月6日

7月6日，农历是六月初四，土尔扈特人的传统祭祀日。

来了很多次，始终没有登上巴音布鲁克区后山的那座塔格勒根山，那上面有个高高的敖包，人们习惯把它叫作德金巴吾，即母亲山。而它对面遥相呼应的是艾尔温根山上的汗蒙加甫敖包，人们称之为父亲山。

土尔扈特人自来到这片土地，便有了父亲山和母亲山之说，而且，父亲山只能让男人们上去，女人不可以踏上半步，而母亲山人人可以上去祭奠。遵循这个原则，我早晨八点便起床，在镇上找了一家小饭馆，随便吃了点东西，便独自向山脚下走去，因为对自己的体力没信心，也没搞清楚他们的祭祀活动什么时候开始，觉得还是笨鸟先飞吧，先一个人慢慢爬上去等。

在山脚下遇到早早来这里检查工程的区长乌云巴图，看到我，他笑着说："你咋逆方向上呀？转塔格勒根山你也会错呀？"我这才发现自己因图方便，从区上出来顺着右边就走上来了，应该向前再走六七百米，从左边绕上来。没办法，只得在山脚下走到对面再上去，这样等于早晨绕了半个巴音布鲁克区的街道。

为了让游人及祭拜的牧民群众上下方便，区政府近几年从山的两端修筑了两条长长的云梯，远远望去像两条白色的哈达，从山顶两侧曲曲折折一直伸向山脚，从住地到山脚是一公里多的缓坡路，到这山脚下，爬山才正式开始。不知这山有多高，也不知这阶梯有多少，于是决定一边上一边把这些台阶数一遍。来到山脚，抬头望去，有些部位山势还是比较陡的，生来就有恐高症的我，只能告诉自己：只问攀登莫问高，低着头上，什么也别看就是。

做好一切思想准备，开始一级一级向上走，这些台阶跟平常台阶大不一样，都是60厘米到80厘米的宽台阶，一步有点长，

两步又不够，只好像瘸子一样一跛一跛地走。

看着表走走停停，心中默记着台阶数，在快接近山顶的两处，果然陡得让人头晕，手脚发抖，一瞬间有要掉下去的感觉，抓紧护链闭起眼，休息好一会儿才镇静下来。

气喘吁吁爬上山顶，一屁股坐下就不想再起来。

一个喇嘛正在上面默默地做着祭祀前的准备工作，我缓过劲来看了一会儿，没话找话地问他这一共有多少个台阶，他说不知道，我告诉他："上来的这一边是425个，下去的我还没数。"他唔了一声继续着手中的事，我又问："你们祭奠塔格勒根，是为什么？"他说："这是我们祖先流传下来的，就是祈祷保佑我们这里人呀、牲畜呀平安健康。"

原来他们的愿望如此简单，倒是让我们这些局外人搞得神秘又复杂。

跟喇嘛聊了一会儿，他在山顶不停向下张望，一会儿又打手机，我问他怎么了，他说："安排下面把东西送上来，到现在还没来。"我说："那我在这里帮你守着，你下去看看吧。"他说："好吧。"就匆匆向山下那个喇嘛庙跑去。

一个人在山顶，四野是青绿和宁静，德金巴吾塔格勒根——这个蒙古族人称之为敖包的处所，在晨风中显得尤为清幽。它以高高的姿态、淡定的心绪，捻动经幡，为那些善男信女反复念诵着他们寄挂在幡上的所有心愿。

曲曲折折的山路上陆续走来男男女女、老老少少，不知他们的祭祀仪式何时开始，所有上来的人都先围着敖包转三周，边转边洒上带来的牛奶、点心等，也有的人来只是拜一下，然后等待着大喇嘛正式上来念经。

突然人们忙碌起来，有人忙着把各色经幡挂上高高的枝头，有人将从家带来的白布、蓝布拿到小喇嘛那里印上风马旗的图案，再签上自己和家人的名字，有人在点燃牛粪及香草。随着一阵牛皮鼓声和海螺声，祭祀拉开了帷幕，敖包右边的亭子被临时用黄帐围起，从西藏请的大喇嘛及本地两个喇嘛同时高声诵经，为众人祈求平安吉祥，祈求一年风调雨顺、六畜兴旺。

　　看着等着分享圣水圣食的长长队伍，想想自己并没有在这里诚心叩拜，风乍起，饥肠辘辘，还是先回去解决自己的温饱吧。一路小跑着冲下山，下山的台阶竟然是564个，跑得人双腿无力心发慌，回头望，高高的山顶依然人头攒动，但愿一切如人们所愿吧！

妈妈的手艺

已近年关，按中国人的传统，该盘算着春节怎么过、需要准备什么了，而我们好像对过年那点事不上心，趁着星期天，相约着，一路风尘仆仆赶往乌拉斯台农场一个偏远的小村。

看着窗外沉寂的田野和匆匆赶着办年货的农人，想起了许三多的话：有意义地活着。我们不分时间、地点，匆匆穿行于山野乡间，听最古老的歌谣，了解最古老的手工艺，像品尝到一块久违的牛奶巧克力，香甜又提神，觉得很有意义，农人春播、夏管、秋收、冬养也觉得充实有意义。车在乡间小路上七拐八绕，向着我们寻访的地方奔去，我们的心情跟农人进城办年货一样，充满希望和快乐。

对努乃老妈妈早有耳闻，她是本地眼下年龄最大、依然沿用手工缝制传统土尔扈特服装的老人之一。这次因了我的朋友艾尔登从中搭线，找来老人的小女儿巴黛老师亲自引路，终于得见这位心仪已久的老妈妈。

走过一村又一村，车在一所民居前停下来，屋前是一大片农田，场院里安安静静，我们叽叽喳喳的说话声惊动了屋里的人，老妈妈努乃迎了出来，身体比我预想的要硬朗得多，是一位典型的农村妈妈，饱经风霜的脸上布满慈祥的笑容。看见小女儿带来一群客人，她高兴地迎上来向我们问好，不断致歉说在屋里干活没听到车声。

进了屋，老妈妈忙招呼孙女沏茶、端来果点。我的眼睛不停地寻找，想象中，老妈妈屋里一定有好多花花绿绿的布块或者是正在缝制中的美丽华服，打量半天，屋里整洁有序，没见半件衣服一丝线。艾尔登看出了我的心思，从车上拎下大包小包，放在屋当间地毯上，打开一看，原来她了解到老人近两年因身体不大好，做得少，提前请巴黛把母亲早些年给家人做的各式蒙古袍子拎了来，艾尔登也把自己一件还没完工的袍子拎给我，做请教老妈妈的教具，这真是让我开心得不得了。当这些华服秀裳一一打开，我欣喜得连茶也不喝了，拿着男袍、女袍、辫饰问长问短，艾尔登成了我的翻译，从第一粒扣子的名称到每一个装饰的妙用，听得我只有点头的份儿。

没法想象一向以勇猛剽悍著称的土尔扈特人，骨子里原来是这样细腻：一对长长的辫子，为了让它好看又不妨碍干家务，就绣一对美丽的辫袋装起来并固定在腰际；结了婚的妇女身体发了福，腰身不再婀娜，那就从胸至臀都绣上精美绝伦、色彩迷幻的图案，让你欣赏都来不及，哪还有时间品评环肥燕瘦？最让我惊叹的是，老妈妈把几十根丝线缠绕在手指上，左穿右拉，一会儿就织成一条彩带，手像一部古老的织机，到这会儿我才恍然明白，原来土尔扈特女人们胸前那些五颜六色的、美丽的几何图案是这样织出来的，之前我一直以为是买来彩条直接贴上去的呢。

从传统服装的制作到老妈妈的身世，每一件事都是我急不可耐想知道的。经历了人生八十余载，也许我这样毛毛糙糙的样子她见得多了，不管问什么，老妈妈都是不急不缓给我慢慢从头道

来，我的上司加朋友艾尔登也一样不慌不忙给我解释，可是一边的巴黛老师有点急了，见母亲一个问题没讲完又扯到另一个问题，忍不住就想打断，她怕我们听了不耐烦。其实，她哪里知道，我这些年在基层做民间文化搜集，感觉这样的民间老艺人越来越少，有时，今天还在跟他们聊天并相约来年春天再会，可是明天就可能听到他们远去的消息，每每此时，我的心像被掏空一样。那些有着奇异的身世、丰富人生阅历的老人们，我每次与他们接触，从他们的描述、回忆、歌唱中总能闻到新奇、遥远又清晰的古老气息，心潮总也不能平静，跟他们接触越多，我越紧张害怕，我怕在我一转身之际，他们会绝尘而去，连同那些珍贵的、像灵魂一样鲜活的口传文学艺术一同消失，弃我在原地懊悔和失落。所以他们说的每一句话我都想快快拾起来，装进记忆的U盘，然后再刻录到人生的光盘中，永久保存下去。

土尔扈特人生活中的很多技能是口手相传的，上辈教下辈，口口相传，手手相授，努乃老妈妈做衣服的手艺自然也是她的妈妈口授身传的。

她的妈妈原本就是部落一个巧媳妇，常常被大户人家请去做新娘的盛装、帽子，给有钱的巴音家做昂贵的皮袍，一去就是十几天甚至一个月。纯朴的土尔扈特人认为，帮他人做事是应该的，从不讲条件要报酬。妈妈出去给人帮忙回来，顶多带回人家出于感谢而给的一些肉干或者油饼、奶酪，有时也会是一只小羊羔。

记得刚懂事时，母亲便教努乃学打衣服扣，稍大点学绣简单的花，十一二岁已然成了妈妈的小帮手，到了十五六岁便能独立完成土尔扈特蒙古服装的整个缝制工作。

在八十多年的人生历程中，有六十多年是一根银针、一把丝线伴随老人家走过来的。我们不知努乃老人这一生做过多少件不同身份的人穿的、不同款式的传统袍子，但是小女儿巴黛的一句无意间的话道出了实情，她说："小时候，我们家到处是一摞摞的布，早晨晚上妈妈都是在做衣服，没完没了，除了被人家接了去做，还经常有人把布送来让她做，我们都烦死了，她眼睛中只有人家的衣服，没有我们！"听着女儿的嗔怪，老妈妈慈爱地笑着说："没办法，都是乡里乡亲的，人家求上来了，哪有不帮忙的？"

　　看到老妈妈手上戴着一枚圆形银戒，戒面磨得光滑无痕，我问她戒指戴多少年了，老人说结婚时就戴着的，有六十多年了。我说上面原来一定有花纹吧，老人说当然有，而且是很"赛罕"（蒙古语意为美丽）的花纹。看我们好奇，老人费好大劲给撸了下来，我们细细瞧着这枚跟了她六十多年的银戒，正面花纹被磨得找不到往昔的一丝痕迹，翻看内侧时，隐约可见小半截麦穗花纹，大半部已磨得光滑闪亮。我跟艾尔登对望一眼，脱口而出："看看，手指把花纹都磨掉了，可见这双手做了多少活呀！"

　　人说滴水穿石，一双有血有肉的手，在岁月的历练中，把金银都能磨平，人生还有什么不能承受呢？

摇碎一湖月光

　　进入九月，这事那事瞎忙，不知今夕何夕，听同事议论月饼质量问题才恍然，中秋节到了。

　　离下班还有半个多小时，人已走得差不多，四下一片安静，两手插兜里踱到窗前，马路上的人来来往往，比平时多了起来，看着他们拎着大包小包，携妻带子，行色匆匆，才想起，我该去哪儿呢？男人为几两碎银子奔忙早忘了年节，女儿让曾经的保姆奶奶接了去，远方的父母想得多回得少，偌大一个城市，竟然找不到一个可去的地方，心下陡然生出些许茫然、寂寥和伤感。

　　平静不是一种状态，而是一种能力。漂泊多年，无论平时多么坦荡，多么平静，但是一到年节就有一种说不出的滋味，总想跳过去，视而不见，充耳不闻，然而，这不可能。

　　上楼、开门、发呆，屋子以极安静的状态任由我从这间踱进那间，可怕的静让我快窒息，从衣架上扯下风衣，拎了包，开门、下楼、上街，拦辆的士就逃，走出很远，师傅连问两遍去哪儿，这才回过神。去哪儿？哪儿热闹去哪儿。师傅说今天怕是没热闹地方。那就哪儿安静去哪儿。师傅沉思良久，博斯腾湖安静，前天去看那里基本没什么人了。那就去博斯腾湖。师傅转过头，上下看我好几眼，我对他笑笑，别怕，我有老有小，不会自杀。

白鹭洲，商家给这个景点起了一个好听的名字，可惜没看到有白鹭。岸上几幢简易铁皮房空无一人，太阳伞无奈地躺在沙滩上，远没了夏日的风姿，摩托艇斜倚在地上想心事，几顶蒙古包孤独地望着湖面发呆，湖里五六只小游船在低头沉思。这是一个冷清又无聊的午后，偌大个湖，除了守码头的三个小伙子和两个小姑娘，就是我这一个游人。跟他们谈好食宿，脱了鞋一个人在沙滩上独行。

双手抱肩沿湖岸漫无目的走着，月亮不知什么时候从湖底升上来，少了平日的妩媚和清丽，有一种阴冷模糊的气息包围着，水湿气使凉意浓重起来。这阴冷的夜晚，阴冷的湖面和我阴冷的心情搓揉出一道阴冷的风景，夹杂着鱼腥在湖边弥漫。

有人在叫，我没在意，继续一步一步踢着沙往前走，渐渐地听到身后呼哧呼哧喘息声，我不回头，也不害怕，恶意地想：是狼就让它吃了我，是羊我就吃了它。结果是那个安排我食宿的小伙子。他冲到我面前，声音很生气："喂，你啥事情有呢，喊也不答应，我看你一点点不高兴了，万一有啥事情，我们不好说，还是回去好好一个觉睡哈。"

一个汉语倒装句讲得很好的维吾尔族小伙子。我被他的着急逗乐了，对他说："这个地方觉睡意思没有，月亮看一哈下。"小伙子笑了："歪江（哎哟），没意思。"

我们并排往回走，他告诉我在这儿已做了三年，游船、汽艇、摩托艇、小木船都会操作，老板不在时他就负责这里的事。他说现在天凉了没生意，心里很着急，又忧心忡忡地说这儿没大房子，也不知老板冬天把游船放哪儿保管，值好几万的资产。

第一辑 草原拾零

夜色里看不清他的脸，直觉上是那种典型的棱角分明的维吾尔族男人。下午来时记得他没穿上衣，古铜色皮肤，肌肉很健壮。这会儿被他的忠诚和质朴深深打动。

我们走回码头，看着月色中微微荡漾的小船，我忽然来了兴致，央求他带我去划船，他看着我犹豫了一下，让我等着，跑了回去，过了一会儿，手里拿着件军用大衣和一盏老式马灯跑了回来，我一声惊呼，在他胸前给了一拳："太好了。"他因我的举动呆住，好一会儿才想起把大衣扔给我，招呼我上船。

从未在夜色中划过船，这让我很兴奋，在船头不停地坐下站起，他像对孩子一样叮嘱我："好好一点点坐下，掉到水里，五道黑一下子把你就吃掉呢。"

我把马灯点亮，放在脚边，手在清凉的湖水里划着，月亮已经升到湖的中央，感觉月光清亮暖和起来。我们一边划一边聊。我说："印象中你们大多数以做手工艺、打馕饼、搞小买卖为生，一般不会游泳，你怎么干上了这个。"他说："有些事情你们汉族人说是老天爷安排的，我们维吾尔族人说是胡大安排的。我小买卖的会，打馕的会，船划的也会，这个样子不好吗？本事多些，吃饭的事情不发愁嘛。"

他几个倒装句把我说得没了话。他歪过头来问我："你老头子（老公）、娃娃不管，一个人这个地方跑来干啥呢？"我模仿着他的倒装句说："老公打工去了，娃娃朋友家去了，爸爸妈妈老家在呢，过节了嘛，一个人意思没有嘛，心里面一点点不高兴了。"

他忽然瞪着眼，对我连连"噢哟、噢哟"地说："这有啥呢，你的亲人一个个好好的，你也好好的，这个样子多好。全部人好好的，知道不知道？"

我说："当然知道，可是这个样子活着连个说话的、关心的人都没有，又有啥意思呢？"他摇摇头说："你的要求有一点点高了。六年前我刚考上师范，妈妈生病了，爸爸去给她转院，车刚上路就撞上一辆大车，弟弟和爸爸当场塔希郎（死）了，妈妈伤不重，但是受不了那么大的打击，半年后得了一个癌症，欠下两万多，也塔希郎了，房子（家里）就剩妹妹跟我，这么多年，我想谁不知道，谁想我也不知道，你说，啥意思有呢？"

他的几个"塔希郎"说得很轻，我没看清他的表情，但感觉划船的速度明显慢了下来，后来索性靠在船上不出声了。我心里一阵不安，如果不是我一通牢骚和抱怨，他不会想起这么多，也不会突然沉默。

我小心翼翼没话找话说："你打算在这儿一直干下去吗？"他说当然了。在这里打工不但能认识很多朋友，而且能从老板那里学到好多经验，还有，在这里大多数时间泡在水里，有个泳裤就够了，不像在城里打工，要穿这样子T恤那样子西装，太花钱了。这几年光衣服鞋子就省下不少钱呢。妹妹再有一年就毕业，家里欠账也快还完了，到时报个旅游学校好好学习，以后开一个自己的旅游公司，好好地干，好好地活，也好好打扮自己。

听他说这些，我扭过头使劲揉着眼看着远处，丝丝凉风拂过脸颊，我把马灯轻轻拧灭，他问咋不让亮着，我说不用了，人心不亮堂，灯再亮有什么用？他摇摇头说："歪江（哎呀），你咋光说这样的话嘛，我一点点听不懂了。"

不知不觉月已偏西，四下更静，湖面像一个无边的大镜子，随着船儿的划动，粼粼波光一圈圈荡漾开来，月光被我们摇成一

湖散开的金币。我手伸进金币里轻轻撩动，清亮亮的水珠从指间滚落，我忽然有了唱歌的欲望，随口唱起："月亮啊已经出来了噢，美丽的月色爬上了东边的山冈……"他一下一下有力地划着船，也快乐地跟着唱起了，小船悠悠，歌声回荡，我裹紧棉衣眯起眼，心中忽然升起一丝感慨：一湖月光唯我独享，这得积攒多少福报啊！谁能常常有机会摇碎这一湖月光？

在有限的绝望处邂逅无限的风景

作为一个老"驴粪"，不徒步可以，不知道"驴徒"的那些事儿是不配做"驴粪"的。

十几年前，我在西盟空间网络论坛里玩的时候，就知道了夏特古道，拜读和欣赏过很多驴友精彩的旅途文字和图片，心神往之Ｎ年，但是，勇气和机会总是与我无缘，阴差阳错间时光流逝无限。

未来总让人期待又让人忐忑，不知道下一个时段会发生什么。就如同现在，从来没有想到，十几年后的今天，我会来到与夏特古道毗邻的区域工作。只是忙忙碌碌两个年头，一直没有机缘与夏特亲密相会。许是上天怜我，在即将离开这个地方的时候，居然给了我一次机会。每年的年末总是异常忙碌，2016年也不例外，进入12月，事多到头皮炸，导致回家的念头日甚一日。

周末，骑友小聚，聊起周日驱车探访夏特古道看冰川，原本没有前往计划，但经不住骑友们竭力怂恿，也经不住夏特古道的诱惑，心想，辞呈早已递了，家什也已打包，也许这是跟这里的驴友最后一次相聚，去还是不去？犹豫间，胡杨队长一句"这次不去，也许以后再没有机会了"勾起我多年前对夏特的向往，豪气陡然上来：管他什么工作呢，去！谁拦我削谁！

借着酒劲，一阵慷慨激昂，就这样愉快地决定下来。早晨7点，把已打包的冲锋衣、徒步鞋、风巾、手套又重新扯出来，在黎明的暗夜里，熟练地披挂整齐。出得门来，发现夜色居然浓得化不开，借着昏暗的路灯，和小伙伴山妮、石头向集合地进发。

昨天约定8点在清风牛肉面馆集结、早餐、出发。所有队员出人意料的准时，一瞬间就把小小的面馆坐得满满当当。我猜想，这是面馆开业以来，最红火的一次早市吧！

预想中有人会迟到，结果个个准时，意料中不会出问题的车辆却出了状况。管理员提前预定了越野e族的四辆车，三辆早早到，另一辆打死不接电话，最后得到的信息是车主还在睡觉，车子有毛病还没有搞。驴友们像听别人的传奇，牛肉面都忘了吃。一个爽直的驴友说："哈哈，一听说租越野e族的车，我就知道要拉稀，这是他们一贯的作风，他们才不讲准时不准时呢，有车嘛，任性啊。"好在领队当机立断换了车，前后耽误了半个小时。

去夏特古道为何要租越野车？一是时间有限，只有一天。二是冬季，我们只是探访，不可能真穿越。最好的办法就是驱车到山脚，然后徒步进冰川。从县城到夏特古道南出口，有两百多公里崎岖不平的山路，而且都是砾石路面，大家预计要走四个小时。

冬季的8点30分在新疆南天山脚下只能算是曙色微明，车辆在这个小镇人们的安睡中悄悄出发。夜色随着车行一点点退去。沿着乡村公路，我们向西北方向一路飞驰。

9点50分进入布隆乡区域，蓦然回首，透过车窗发现火红的朝霞已在林梢跳跃，迅速拿出手机拍了一张。

10点15分到达托木尔峰国家级自然保护区管理站，同行的石头指着左手山脚一排隐隐约约的城墙说，那就是破城子遗址。我马上来了兴趣，因为统一行动，不敢耽误大家计划，又忍不住对一切历史遗迹的好奇，要求给一分钟拍照时间。车停，冲到路边，看了一眼高山，又仔细辨认半山坡起起落落的残垣断壁，不知道内里是个什么景象，把手机焦距拉到最大拍了两张，看后面车已超过去，连忙上车。在车上翻看手机感觉并不满意，主要是不能在现场从容查看，找不到什么有价值的线索。车行中，乘着有信号，赶快上网搜了一下，结果也不满意，寥寥数语，只介绍这个破城子遗址长宽高，是夏特古道南出口的一个关隘，什么来头、什么年代、有过什么人和事均无交代。不死心，又问同行的几个小伙伴，都说不清楚，怀揣着遗憾继续前行。

10点40分到达边防检查站，一一检查过关。颠簸享受正式开始，车子跳跃着、扭摆着一路向前，车窗两边景色一晃而过，我却贪婪地盯着窗外，怕错过丁点美景。

泥土单调的裸色和积雪刺眼的白色，看久了会乏味，但是随着路途行进，木扎尔特河从山涧远远地逶迤而来，时宽时窄，河床上一些特别醒目的红色，在某个拐弯或者河岸一闪而过，也吸引了我的目光，那些红，像秋天原野上熟透的高粱穗的颜色，低调而热烈，真是惊艳，总在心里猜想，那到底是什么？蒿草？野果？小灌木？

曲曲折折的山路盘绕而行，河流与我们忽远忽近伴行。在一片开阔的河滩上，远远又看到那红，而且是一河滩，绵延起伏，浓烈且壮观，我情不自禁惊呼："看那里，好漂亮啊！"

大崔、石头、琼儿、山妮等一车人也让我点燃了惊喜，空前

一致地要求停车。车一停，我立刻跳下向河边奔去，至跟前才看清，那些红原来都是河边的鹅卵石，上面被一层美丽的砖红或者赭红包裹着，不知是河水丰富的矿物质浸染了石头，还是石头中丰富的铁元素遇水反应，总之漂亮得一塌糊涂。时间有限，顾不了许多，我们拿出相机、手机一阵狂拍，拍完不死心，我又冲到河底，撅着屁股把那些石头仔细查看了一下，捡了一颗极圆的石头，才恋恋不舍地回到车上继续赶路。

虽然木扎尔特河早已结冰，但是，很多地方仍可看到哗哗的水流，石头说，再有一个多小时就到冰川了。其实，越接近冰川，我的心情越沉重。特别是车行在山崖边，看着木扎尔特河一个又一个急转弯，以及河中的一个个沙丘，我的脑海里浮现的是王铁男当年写的《魂断夏特古道》——新疆登山协会主席董务新2001年8月4日在夏特古道探险遇难的画面。那岸边拼命奔跑想拉住战友的王铁男，那个被激流一次次冲倒的硬汉董务新，那些为救战友，悍不畏死，手抓着手冲进刺骨的激流中的男女驴友们，所有一切我从没经历，却如同电影，在他们坚持、挣扎、突围过的这一片区域里放映着……

长久的车行，大家都开始疲累，每个人都在闭目养神，或者想着自己的心事，我的心情异常沉重，眼睛始终望着窗外，陷入深深的沉思。在物质生活极大丰富的今天，工作的压力、城市的拥挤、城市化的推进、网络替代生活的一切，把我们心底仅存的一点天性覆盖得差不多了，很多人开始向往回归自然，涌向户外的人越来越多。

但真正的驴友是什么？是一次次深入戈壁大漠、崇山峻岭，用双脚丈量每一条线路，在长途跋涉中，经历体力透支的绝望、身处绝境的生死考验，体会生命的珍贵和战胜自己的欢欣，挑战自我的同时，也历练精神和毅力。

更高层次的是那些冒着巨大的风险进入高山、大川、深谷，为后人探索开发一条条新的徒步线路，甚至付出生命代价的勇士们。人们都说新疆是探险家的乐园，是徒步者的天堂，但是，每一个天堂和乐园都是经过前人一次次探险、总结、付出换来的。

今天的我们能够如此顺利地找到古道，又可以对它津津乐道，全部得益于那些户外前辈们英勇无畏的付出。对于大多数人而言，户外旅游、户外徒步、户外探险这些词似乎没有太大区别，但它们实施的意义和难度完全不是一个级别。大多数人眼里，所谓的户外，就是户外活动和游玩，就如我们此次冰川探访。然而这跟穿越古道完全不能相提并论，也不可能体会到穿越者的欢乐与艰辛、感动与悲伤，更体会不到真正的驴友那种生死与共的徒步、一生患难相伴的真情。

夏特古道是集探险、考古、生态、徒步于一体的综合性经典线路，特别是木扎尔特冰川，曾让很多资深的老驴友咂舌，王铁男曾记录："木扎尔特冰川是我们所见过的最可怕的冰川，冰块的挤压运动，在裂缝交错的冰川上隆起了小山似的冰塔，冰川融化，在不足两公里宽的冰川上冲出了三条又宽又深的冰沟，沟底咆哮的冰河震耳欲聋。"

它奇险、厚重、美丽、神秘，也许正是古道的魅力，让国内外驴友纷至沓来，也让我们这些"伪驴"趋之若鹜。

中午1点10分山路到了尽头，车已无路可走，木扎尔特冰川就在眼前，大家纷纷下车，背好各自的吃喝家什，兴致勃勃向冰川进发。望山跑死马，两三公里山路，有的人走得气喘吁吁，我

自认有点底子，重点是对这里仰慕已久，之前看到过各种介绍和描述，对它想象得太多，所以走得比别人更仔细一点，总想在这里找到曾经那些熟悉的网友描述的地理环境、美丽风景以及他们在某处扎营某处摔倒的痕迹。然而，现实总比想象残酷，一路上随处可见被丢弃的气罐、包装盒、饮料瓶。曾经来过这里的两个驴友一边走一边给我指点说："看山上那个水印，5年前我来时冰川在那里的，现在退回去有500米吧？原来我们从这里就要爬冰过去的，现在都是石头了。"

听着他们的絮叨，打量着周围，山崖上冰雪消融的痕迹十分明显，高达几十米呢。越接近冰川脚下，冰雪消融的痕迹越明显，甚至有的地方大面积塌陷。当大家都欢呼着奔向冰川，在晶莹剔透、造型各异的冰川前攀爬、拍照、嬉戏时，我站在木扎尔特河冰面上，看着冰下的水流，心想，这清澈的水是不是冰川的眼泪，它们有一天会不会流干啊？

远远看到右边山崖上有一垒石墙，我想那个可能是网上介绍的古代驿站和当年古人养护冰梯的住所，就是王铁男记录他们最后露营的地方吧？带着这些疑问，我一点点爬上去，古城堡只剩下残垣断壁，墙基还有，大致形制能看出来。站在这里，心中有说不出的滋味。"秦时明月汉时关，万里长征人未还。"当年那些养护冰梯的将士们，在寒风凛冽中凿冰为梯，迎来送往了多少商旅、官员、背夫，守护了多少生命和秘密，吞下了多少寂寞和思乡？

2001年8月13日那一夜，董务新睡在这里，有没有预感到这里会成为他探险的终点？

岁月吹老了山吹化了冰，却吹不走一代又一代人为守护这片家园而付出的种种努力，总有人记得。

从古城堡下来，爬上冰川，在形态各异的冰缝里细细品味和欣赏，看到融化后冰山的模样，心里总是无由头地担心，地球变暖已经是不争的事实，如果有一天冰川消失了，我们怎么办？

胡杨队长始终掌握着节奏，看大家午餐吃了、照片拍了、冰山上了，开始招呼大家回撤。

我们几个迅速把垃圾收拾好，打包拎走，我最后看了一眼夏特古道和消融的冰川，跟着队伍往下走去，不知道什么时候我还能来，只是希望，再来时，它不要变了模样！

第二辑

落花而生

我不看，我知道

　　胆小、不说话、不合群的性格，注定我在永远安静的状态下有一颗从未安静过的小脑瓜。

　　我从不看父亲一眼，但我知道他看我是什么脸色，所以我永远用背对着他，不管他是在身后咒骂还是带风的手掌即将扇到我的头。

　　我不看，我知道父亲进城买回了味道极香的苹果，他会把苹果切成瓣，一牙一牙分给哥哥姐姐和弟弟，我会快步走到屋后捏泥巴，我知道没我份。

　　我佝偻着小脊背，背着弟弟坐在地上用干羊粪蛋玩抓子，我不看，我知道哥哥在屋顶用一根长长的棍，从天窗伸进去戳妈妈吊在房梁上的筐，那里有只有父亲和弟弟才能享用的白面馍，吃到嘴里甜丝丝、津润润的，给我一大筐也吃不够。

　　我不看，我知道妈在灯下做的那花衫子不是我的，姐姐为那个花衫子闹了有半年。我会捡妈裁下的碎布条，给小泥人做个裙子，妈看了说等我上学也给我做个这样的裙子，于是，我天天在心里盼着能上学。

　　终于等到我能上学了，看着哥哥姐姐和村里孩子都往村头学校去，我不看，我知道去不了的。妈在发愁，弟才两岁，没人看不行，大人要到公家地里干活挣工分。我像虱子抱虮子一样抱着弟弟，泪线线划过腮，怯怯地对妈说："我想上学。"妈的泪掉了下来，她说："明年吧，明年我给你做花书包和花裙子，送你去上学。"

夜里，给队里看麦场的父亲悄悄回来，跟妈说了句："那个放在柴垛下了。"我不看，我知道明天家里又能吃到那种跟高粱米掺在一起、放点灰灰菜、筋筋滑滑的煮麦子了。我还知道这个不能说，说了生产队开大会会把爸和妈揪上去批斗。

姐姐的学习小组来家，那个张老师也来了，他让分别背课文，姐背得正攒劲，我突然插了一句："不是'一点也没动'，是'一动也不动'。"大家吃惊地回过头，张老师说："是'一动也不动'，你怎么会背的，你知道是什么课文？"我说："是《生命不息，冲锋不止》，讲黄继光堵枪眼的。"张老师过来摸摸我的头说："你看过？"我说："我不看，我知道，他们背我就会了。"炕上的父亲把烟嘴重重拍在桌子上，我不看，我知道他又不高兴了。

背着弟坐在学校的后窗根下，我不看，我知道他们在上语文课。"小柱头，骑着毛炉子，转了一个大倦子，不见景子了。"课堂上哄堂大笑。我不看，我知道那是徐瞎子念错了。我还知道那篇课文叫《小柱头送情报》。原文应该是：小柱头，骑着毛驴子，转了一个大圈子，不见影子了。

下课了，操场一片混乱，一群男学生在撺一个女学生，我不看，我知道那女学生是大地主李豁牙的丫头。为首撺她的是学校有名的范家老二。我背着弟弟在操场边的荒地里找羊奶硌子（至今我也不知那个植物学名叫什么）吃，听到李金花在大哭，我转头看去，她的手脚被跳绳绑着，无助地站在操场上大哭着，嗓子

快哭哑了。

上课铃响了，人全散了，操场只有李金花蹲在地上哭。我怯怯过去，她哭着对我说："你把绳子给我解一下吧。"我一句话也不说，背着弟弟在她身后折腾半天也解不开，最后用嘴给啃开的。

这事晚上就被爸妈知道了，我结结实实挨了爸爸两个大嘴巴，脸肿是不用说的，又被罚在毛主席像前跪了一晚上，还得到最后警告：以后不准带着弟弟去学校，只能在家门口玩。

那年我6岁，李金花好像16岁。那一次我看了，可我不知道为什么会那样。

给灵魂找个底座

新疆有166万平方公里，但大多数人向往的还是乌鲁木齐，可能还有更远的向往，比如北京、上海，甚至美国、法国、意大利。

人都是有梦想的。有梦想，日子过得才坚定。

但是，我不能明白的问题很多，这不仅仅因为我是农村人，见识短；也不仅仅因为我没上过名牌大学，学识浅。最主要是我一根筋，认死理。

比如乌鲁木齐，在一个山凹中，三面环山，地方不大，楼房挤挤挨挨，人密密麻麻，空气污浊，人们吸着从烟囱、汽车、污水以及对方口中呼出的气。即使这样，好多好多的人，想了好多好多的办法，向着乌鲁木齐前进，再前进！

早晨，站在妖魔山顶俯瞰，那些人、那些车像蚂蚁，又像屎壳郎，从一个个狭小的洞穴爬出来，塞满了每一条马路，每一个巷道，然后又分散到另一些洞穴之中；晚上，他们又从那些洞穴爬出来，铺满大街小巷，衔着各种需要，返回早晨离开的洞穴。我不能明白，这样摩肩接踵，彼此距离小到要以厘米计算，为什么相互那么陌生？陌生到两个洞穴相对数年，却不知对方为何物。

连续在这个城市走了三个晚上，从大西门到小西门，再到民

第二辑 落花而生

主路、红旗路，最后到人民广场、南门。我不认得城里的路，但认得方向，知道要去的大致方位，向着心里认定的方向一直走，一直走，走大路，走小路，走巷道，走住宅区。就这样，每一回的方向不变，但路却不同。

打的很方便，但是，我是农村来的，而且是个有强烈好奇心的农村人，我想知道人们心驰神往的地方内里装些啥。我认为那些巷道、小区、地下通道是这个城市的毛细血管，是它的指头、皮肤或者头发，踏进这里，也许能看到城里的部分烟火。

走过三个晚上，我开始怀念我的农村，怀念那些一见我就扇着翅膀扑来的白鹅、花鸭，对我摇尾巴的大黑狗，还有那一池子清亮亮的水，怀念我的巴音布鲁克草原，那么遥远、荒芜，几十里看不到一个人，可当我疲惫不堪地来到一个简陋的角鲁木（帐篷）前时，里面的牧人会赶快迎上来，牵了我的马去饮水，卸下我的行李让我休息，端来滚烫的奶茶给我解乏，就像回到了家，事实上我们从未谋面。

人需要有目标，生活才有劲。

陈漠喜欢说：生活如此美好！因为他找到了生活的乐趣，并且为这份乐趣坚实地奋进着。我读了他用两个半月完成的27万字小说体纪实录《亚洲中心的脉搏：乌鲁木齐》。很吃惊他的思维，他推翻了我自学会写作文以来遵循的所有规律，他让我感到那些纪实文学、通讯、典型经验，甚至先进模范人物事迹的写法是那么可笑、呆板！真实的事件原来可以用小说的语言鲜活地演绎！

王铁男说：那是登的山太少！说这话的前提是因为扯到名利、得失，扯到包容与排斥。

很多时候，很多人并不能像王铁男那样登上很多山。我想，登山，高度是次要的，体会登山的过程、经历登山的磨砺是主要的。所以，有些人，即使登上珠峰，未必就能做到一览众山小、胸纳百千壑！

有一种山，它的高度是用品质、气度、涵养与磨难砌就的，这种山存在于每个人体内，只是有人登上去了，有人一辈子也未能登上其中一个台阶。

清晰地知道自己需要什么、能做什么是一件快乐的事。

很多年以来，我清晰地知道自己来自农村，即使穿着几千元一双的华美的靴子，脚，依然在深深的泥土中。曾经想极力靠近城市的中心，想以做派、服装打造出城里人模样，但是，有一天，从手术室、从阎王的手指缝逃脱后，忽然发现，把自己丢失了那么久，灵魂一直在虚无中游荡。灵魂的底座就在不远处，却从未把它安放进去。

很喜欢那一池清亮亮的水，在池边，任凭野风吹过，伴着嘎嘎的鸭叫，一铲一铲挖开厚实的泥土，一粒一粒丢下真实的种子，连同快乐一起埋下。

不敢想象，来年会生出多少快乐的花儿果儿？会美丽多少片云朵？

码字

作为汉族人，一生少不了要无数次搬动方块字。只是有人偶尔搬，有人可能天天搬。对于我，虽然不以搬字为生，究其小半生，竟然也伴着搬字走来。因而对于搬运方块字，多少有些感慨。

以我不算长的人生经历，窃以为，搬字不外乎两种：

其一，为生计而搬，狭义一点就是体制内、单位上专门做文案活路的。搬这种字时，我把自己看作流水线上的一个技术工，把代表不同含义的方块字，一个一个码成句、串成行、组成篇就得。有时会从别人码好的里面拿几摞来拼接；有时是从大量的、公式化的字堆里切几大块来组装；也有时是自己先用方块字构建一个新房框架，把客厅、餐厅、卧室啥的架构好，然后把别人的、自己的，最重要的是顾主的理念、见解、要求进行揉搓、烩炒，上下左右对接、捏巴整齐，再一一分派至各个房间，细细检查各处衔接、色彩、造型是否合适，最后再粉刷一遍，房前屋后清理干净利索，交工验收走人。

搬这类的方块字，实话说，技术含量不高，也不累人，但是很枯燥、费事、烦人，遇到不讲究的主顾，糊弄一下就得，若遇讲究点的，那叫一个累！常常是花了几个通宵，搞出一个豪华建筑，结果主顾说太俗，要特色鲜明，立意独到，还要接地气，于是大拆大卸，反反复复组装修补，还得时不时作一脸谦卑相聆听各方高见。那些高见，说白了啥也不是，都以为自己的提法很高明，补充很重要，其实就没跳出他家的"一亩三分地"，都是站在自己的角度嚷嚷。

一个大型综合材料，按他们的要求，样样具体到部门如何操作，就是码10万字也未必够，所以，以我老熟的办法就是：主顾的金口玉言全部拿下，管他是逻辑混乱，还是老生常谈，其他人说什么咱都毕恭毕敬聆听、记录，出门就剩下两个字：毛线！

这种文字，搞个七八遍纯属正常，基本是搞到见了那些方块字就想吐为止。所以，一般定稿后，我会像扔狗屎一样把它抛得远远的，多一眼都不看，甚至多年以后看到那些字，还想吐。你别觉得俺夸张，这感觉可不止俺一人有呢。

其二，做自己的搬运工。这里也有两种，一种是专业作家，他们名副其实以搬字为生。咱不是那料，作不了家，啥感觉还真不知道，但是有一点可以想象到，那就是作家搬方块字用的是元神真功，好作家都是用命在写作，比如路遥。他们的每一个字，串句成行都是伴随着气血、心劲、情感一起流淌出来。真正的作家是孤旅者，常常一个人携引着那些方块字与善恶、忠奸、情仇、离恨撕咬着，对峙着，在漫漫长夜踽踽独行，有时遍体鳞伤，有时悲痛无比。码这样的字，借一句俗话：痛，并快乐着！

这仅仅是咱的臆想，天知道他们是不是这样呢。

至于那些做着作家梦，整天着了魔一样搬运方块字的，倒是瞧见一两个，没见码的字出啥彩，却把自己的日子搬得颠三倒四，这类人的执着精神可嘉，但我是受不了的，按下不表。

这第二种就是码自己喜欢的字，这个纯粹说自个儿的感受，

如有雷同，纯属巧合。

搬这种字的感觉很特别，有时如晚风中聆听一首小夜曲，流畅、美妙、深情；有时如品一杯苦咖啡，有一点点苦，然后是略略的回甘，以至夜不成寐的兴奋；有时如看一场独角戏，凄婉、悲痛、泣不成声。

码这种字是这一生唯一不觉得烦的事儿。虽然一直因生计而"被"码，但是忙里偷闲，时不时码几段心事，扯一段鲜为人知的情愫，发一通杞人忧天的感慨，叹几句没有主题的惆怅，骂几个叫我不开心的贼人，那叫一个爽。

一般情况下，像这样搬字，没谁逼我，也无温饱之忧，完全是自发的一种倾诉、一种放纵、一种抒怀。往往是在超级忙乱过后的某个不经意的清晨或傍晚，深夜或午后，灵光乍现，积蓄在心头的情绪突然像瀑布一样奔涌而出，一泻千里，此时的我，如同中了魔咒，被那些方块字牵着鼻子，或激情澎湃，或悲愤万千，把它们搬得噼啪山响，陶醉其中，不知今夕何夕。这是一种久违的宣泄，如酷暑后的一场大雨，清新舒爽。

虽然天天在码字，但都是"被"码，怎一个"被"字了得。

时间被强占，灵光被覆盖，小资被格式，情绪被和谐……绝不是牢骚，实话实说。

但是，谁也不曾想到，这样的无奈，却铸就咱风华绝代、东方不败之见缝插针的搬字神功。自练得这一独门绝学后，遇到泛滥成灾的心绪时，就有了去处。日积月累，一年下来竟然也码出小几万字呢，有时翻腾出来看看蛮有意思。

有时想：他年作古后，不肖子孙们若想翻翻祖上风流韵事，这些个是不是可作第一手资料呢？

言归正传，说说咱的独门绝学。当下的人儿，只要身在职场，两件事脱不了：电脑和会议。电脑是吃饭的家伙，不必啰唆。会议是咱最无奈又必从之事。一开会大脑就死机，问原因，多数是作陪，浪费了俺大好春秋年华不说，就咱排骨一样的臀部，一坐几个小时，真有点吃不消。每每此时，咱的独门绝学便派上用场。把记录本摆好装装样，桌下手机在手，静音处理，然后上网东看西看，忽然灵光闪烁，马上打开备忘录，迅速用五笔、拼音、手写等功能组装方块字，七七八八垒一通，及至会议结束，一个千字文新鲜出炉，回到家在电脑上一备份，大功告成。这招屡试不爽，且日积月累留下不少长短句、小心思、小见闻、小札记，有时看到家里以前留下的成摞的随记本，再看看手机，感觉信息时代真好，幸亏我撵上了！

本想归拢一下码字人的心情，却又把主题扯远了。唉，不扯也罢，这年头谁都不易，喜欢的事不一定要你做，每天重复的不一定是你喜欢的。不是有这样一句话么？"人生如闯关，关关难过关关过"。好与不好，全在自己，能认真做好当下者，未来不会差到哪里去。

码字亦如此！

经历或者零星散念

已经是下午七点多，日头还笑嘻嘻趴在后窗上张望，斜对面放学的孩子像出笼的鸡仔，背着书包嗒嗒嗒地在马路上颠着，一切是那么安详。

打开电脑上的音响，拿起一本书，舒适地靠在椅子上，双脚翘在办公桌上，惬意且肆无忌惮。过了很久，书上的字模糊起来，音乐还在屋里缓缓地游走，蓦然回首，天光已完全暗了下来，四下安静极了。

理理头发，伸伸懒腰，哦，原来生活可以这样。

都说人一旦喜欢回忆和唠叨就是衰老的开始。我喜欢在这样的暮色中静默回忆，也时常会数着输液管的液滴，慢慢往里走，走进自己内心，默默回看来路的点点滴滴。

床对面是个可爱的小姑娘，每次打针前总是对护士阿姨长阿姨短地叫着，顾左右而言他，说她的小布娃可漂亮了，说她听话不吃糖，小手却藏得紧紧的，小小的人儿藏着八个心眼，只为逃过扎针这一劫。小姑娘的妈妈这时总是温声细语哄她，又可怜巴巴望着护士，弄得大家都舍不得对那小人儿下手。

不知哪来那么多会议、调研，一不小心就忘了幼儿园里眼巴巴在等待的小人儿，总是到了最后才想起，央求老师帮忙先带回家。小乖乖四个月大时真是可人极了，一双滴溜溜的大眼睛总追随着你。舍不得跟她分开一分钟，又放不下手中的活，只好把她带到办公室，一手搂着孩儿，一手赶材料，一万多字的工作报告在孩子睡睡醒醒中终于赶出。其实，谁也没逼，晚两天也误不了，不知道哪来那么严重的强迫症，只要来任务，就要拼死拼活提前做完，留出更多时间继续完善。

每每快到下班钟点，就开始盘算接下来的动作和流程：箭一样奔向幼儿园，冲进菜场，再钻进厨房，等一切打理停当，不等洗漱上床，眼已经睁不开，最后是在"明天早餐吃什么"的思考中失去知觉。

每次买菜都少不了要讨价还价，为几角跟人家叨叨。喜欢从过季的篮子里淘几件衣裳，装扮一下日益消瘦的身板。正值韶华，谁不想让自己风姿绰约呢？可兜里就那几个钢镚，孩子营养、老父贴补、人情来往、家里开销总是跑不掉的，每花一分都捏了又捏，算了又算，有一天竟然会鬼使神差，给男人花去两月银饷，买套有面子的西装，这个也许就是所谓的脸面吧。

自从嫁作他人妇，自从被钉在朝九晚五的斗室之内，生活圈一缩再缩，最后干脆拉直，在家—单位—幼儿园三点一线上穿梭，眼里只剩下工作、家务、孩子三件事。才浸没三十个年轮，却像五月出售的隔年水果，干瘪、褪色，本该有的水灵、润泽几乎都没了，拎出来真是辜负了一派明媚春光。

不知有多久没看外面的星星，多久没这样捧一本书静坐一下午，多久没在镜前仔仔细细端详过自己。有多少朋友同学因为这种陀螺样的生活而彼此疏远、陌生，有多少近在咫尺的花儿、草儿不曾为其驻足，几时前街立起了一座楼真没注意。

人说，舍得舍得，舍了才会得。舍了什么，得了什么，有时

真的说不清。

清晨，楼下的情形让我呆了又呆。就在昨天，那个回族老人还坐在凉棚下讲马仲英进新疆的故事，现在他却躺在穆斯林的水床上，在亲人们声声恸哭中，走进另一个世界。

站在窗前怔了很久，视线一直追着哀伤的队伍消失在楼群尽头。

好像也是这样一个明媚的早晨，睁开蒙眬的双眼，发现身上插满了管子，一只绵软的小手在摸我脸，一个肉嘟嘟的小孩在我脸、颈、胸前像只小狗一样嗅着，嘴里嘟哝着："没有妈妈味儿。"

我好奇怪，哪来的小孩？我以一种不相识的眼神看着她。一大群白衣人围过来，一个精干美丽的女医生伸出手指问："100减7等于几？"我认真想半天："96。"她点点头，对旁边人说："说明她还有计算能力。"我心里想，本来就会算嘛。

一个戴眼镜的男人过来，颤声叫着我乳名，泪珠子滚落在我手上，我万分奇怪地打量着他，大脑极力搜寻这个男人的信息，一无所获，头好痛，似有两把钢钎扎进头颅，我又开始疯狂大叫，一个护士拿着针过来，轻声叫道："老同学，没事了，来打针安定吧。"我忍着疼痛认真看她一眼，问："我才十二岁，你咋那么大呀？"我看到人们既吃惊又高兴。

这是上天给我的一次特殊历练，一个人在另一个世界游荡了七天七夜，把活人们吓得魂飞魄散，清醒后依然在自己的世界里闹着，很多事情想不起来，记忆细若游丝，脆得略一用力就会断裂。

从春到夏再到秋，我趴在窗口看着树发芽、开花、结果，又看着果子变红，叶子变黄，纷纷落地。然后我裹着大衣回到阔别三季的家，又静养两个月。

当第一次不要人搀扶，独自爬上五楼时，竟然激动地哭了；当终于能自己拎着垃圾袋下楼，又开心地笑了，那一刻由衷地感到，活着真好！

关于得舍问题我依然闹不清，但是，从上苍给我的这次历练中明白，善待自己就是善待挚爱的事业和生活，善待这个世界和这个世界关爱你的人。在得舍之间要给自己留个缝。不管世界多么需要你，亲人多么离不开你，事业多么吸引你，给自己留点空间，留一丝喘息，多喜欢自己一点，就是对你爱的人负责，对这个鲜活的世界珍爱。

回身如意

2011年春天，对我格外漫长，那时我特别期待发生点什么，哪怕一夜之间灰飞烟灭。那是一种无处可泄的压抑，一种隔空离世的孤独，让我几近抑郁。我把自己困在不足10平方米的书房，屏蔽与外界一切联系，整日呆坐于窗前，一坐就是半天，一次次幻想自己变成一只大鸟，破窗而出，绝尘而去⋯⋯

然而，谁也不能预知明天会发生什么。就如同现在，我坐在电脑前，夕阳如血，斜斜打在我脸上，窗外是隆隆的机器声，远处是影影绰绰的天山，耳边是罗大佑略带沧桑的《滚滚红尘》，案头是成摞待处理的文件⋯⋯

日子如同女儿手中的调色板，疏疏离离、浓浓淡淡，总在变幻。最真切的感受是：时光如梭！只是一个恍惚，几年的光阴就一闪而过，心情与那时已是天壤之别。此时回味，虽然脑子很清醒，但是，想把这些过往串起来却是困难的，甚至是混乱的。难得有一日清闲，于是收拢了心绪，也想归整一下那些经年往事。

一

20岁前，懵懵懂懂，觉得日子像蜗牛；30岁时，风风火火，无暇在意日子快慢；40岁时，明白了很多事理，自己能把控的事多起来，可日子像离弦的箭，总是一个恍惚就过去了。

以为过了40岁，日子会从此平顺，然而，2010年的深秋却是如此煎熬，竟成人生中的最低谷，没有之一。

当时，有点像电影的情节和桥段。起初是轰轰烈烈、热热闹闹的夏天，跟着一群人做了一大堆以为有意义的事，诸如国际研讨会、大型文化展什么的，以至老父亲住院、老姐癌变复发都无暇顾及，仅仅利用往嘴里塞早餐的空当，给他们打个电话，安慰几句了事。而亲人们以为我在做着多么伟大的事儿，深明大义，说："你忙你的，工作不敢耽误，我们没事儿。"

及至屁颠屁颠跟着人家把所谓的大事做完，通过了什么大人物检阅，外甥女在电话里哭了："小姨，你能不能回来一下，我妈想见你。"

心里一紧，感到姐姐时日不多了，在眼巴巴地盼我。

匆匆请了探亲假准备走。回单位交代工作时，某人脸色不好，单位有一摊事，支付宝一样绑定了我，时近年底，能完成那一堆事，大家脸上都有光不是？可我这是人命关天，只能装没看见，硬着头皮走了。

探亲是一件愉快的事，而对我却是煎熬。怀着满腔愧疚，奔波于两地医院，守护着两个亲人，做着最坏打算，只是看不见的暗处，灭顶之灾在向我狞笑。

头一件是大弟突然查出肺癌晚期。如晴天霹雳，我不知如何面对，甚至匍匐在佛祖面前，求他饶过我的亲人，如果卸我一只胳膊、瞎我一只眼能让他们活下去，我愿意。

然而，我除了眼睁睁看着他们痛苦，没有一点办法。弟弟越来越明白自己的情况，疼痛让他在地上爬，他一边爬一边说：

"姐，我咋还不好呀？花了你那么多钱，打了几百瓶药水，咋越来越痛啊？"

我的泪哗哗往下掉，嘴里还在骗他："生病就是这样啊，我们用的是好药，再坚持一下吧，痛过这阵就好了。"

第二件是10月19日，最最忘不了的一日。姐姐再次陷入昏迷，送入急救室。此时，电话响起，一看是某部门的，说请我马上回去谈话，工作有调整。我说家里出事，实在回不去，那边未置可否。一会儿，朋友来电，极委婉地告诉我，我被免职，发配去某单位任虚职。直白点说就是你有罪，罪不至死，充军发配。从心里说，有没有那顶帽子都无所谓，只是这种莫须有的罪名太恶心人了。彼时彼景，冤屈、酸楚、绝望同时袭来，心绪烂糟无比，对着电话回怼一句：随便吧！

当一切尘埃落定，发现自己绝望到了极致。接二连三的亲人离去，让我像剜心一样疼。不顾一切为之奋斗的工作，像辛辛苦苦做好的一碗粥，让人撒了一把沙子，牙碜到难咽。工作十多年，敬业、认真是别人的评价，自己总想精益求精，未敢自傲，却在遭受接二连三的亲人离世时，视若神圣的单位，给我狠狠踏上一脚，如同看见你被捅了一刀，生怕死不透，上来对着伤口踏一脚，这样的单位或者说某些把持别人沉浮的当权者，不能不让人心寒。

当拖着疲惫的身体回来时，单位已物是人非，看到某人躲闪的目光，心里什么都明白了。

没有任何人向我解释，那个组织部门的首脑只一句：工作需要，自己去报到！

执拗的死性不改，临出门还是没压住，质问了一句：死刑犯还有判决书呢，这样处理理由是什么？

对方说，不是处理，是调整。

我呸！

家破人亡，无罪降级，人生大不幸不过如此，至此，倒也冷静了，命运已经把你狠狠摔在地面上，还能坏到哪儿去？就在地上休息一下也好，好好自省自省，这世界，从来没有无缘无故的爱，也没有无缘无故的恨，一切皆为因果。

后来，从不同途径听到相同的评价：只听上面某某领导的话，别人指挥不动。哦，原来如此，都是我的错。不该因某主管领导重视了一点点我的工作，给了一点点支持，我就拼了命、傻愣愣干，不该忘记要满脸堆笑向其他重要首脑汇报请示，即使热脸贴了凉腚，也要觍着脸硬凑。可惜啊，不惑之年仍惑，没个玲珑心，干活好真不行。

二

还是在40岁这个坎上，度过阴冷的冬季，在那个灰暗的春末，因好人撮合，被派到一家央企挂职。当时抱着换一下心情的想法就去了，没想到，一脚踏进企业的门，万千烦恼抛天外，所有的认知都被颠覆。那种给一个平台、下达一项任务，剩下的是你如何完成，领导要的是效率和结果，不是过程和理由，我居然没有任何不适，立刻就融进了这样的氛围。被骂觉得心服口服，就是自己没做好；被奖感到心花怒放，付出得到了认可比吃大餐还爽气。这感觉好像是寻寻觅觅多少年，终于遇到了一见钟情的人儿，说什么也不愿再撒手，以至于挂职期满，毫不犹豫地舍弃

铁饭碗，成了一名企业人。

回想起建设初期的那段日子，虽然苦，但是感觉特别值！那是一生中最激情、最充实、最难忘的岁月。每天在曙色中出门，披一肩星光回家，不是在现场的钢构丛林里行走，就是在电脑前奋笔疾书，或者设计各种鼓劲加油的宣传海报、企业期刊，整天忙得不亦乐乎，根本没时间在乎曾经的委屈、烦闷、纠结……

偶尔遇到曾经的同事，看到面目全非的我，都会大惊小怪地问："你这是怎么了？不就是去企业挂个职吗？咋整得跟非洲难民一样又黑又瘦啊？"

每每此时，我只呵呵。心里却说：我的世界你不懂。

最不可思议的是，曾经体弱多病的我，在那么高强度的工作中，居然没有倒下，且越干越精神。每完成一项任务，得到领导肯定，或者员工们点赞，心中就像灌了蜜，无比满足。那些曾让我自卑透顶的直性子、爱较真、说话不过脑子的缺点，到了这里几乎没人计较，居然还有人说："说得好，不说工作咋落实？"

每天工作十多个小时，烈日下晒，寒风里走，塔吊上爬，以前连平常屋顶都不敢爬的超级恐高症，经过这里的磨炼，竟然敢坐到滑翔机上空中拍摄。

仅仅一年，方圆10平方公里的地面上，每一条路，每一排房，每一台机器，每一片草地……就像我的手指，清清楚楚长在心里，还有那群像疯子一样拼命做事的人，跟这样一群人在一起，白天满脑子都是要完成的工作，晚上一夜无梦，睡得踏实又香甜，如此简单充实的日子才是人间值得！

古人云：三十不学艺，四十不改行，五十不经商。但是，我却在四十以后，任性地把自己交给了一个完全陌生的领域，且将自身潜力发掘得淋漓尽致，找回了自信，也找到了存在感，这是多少金钱也买不到的。

人在哪里工作不重要，做什么不重要，重要的是跟什么人在一起，在什么样的氛围下工作，你的付出是否得到认可，你的才能能否得到施展，这个最重要。至于钱多钱少、锦衣玉食等等，应该归类于买一赠一：有，更好；没有，也不会太在意。

跌跌撞撞半生，因向往自由而断然转行，踏入一个崭新领域，收获的不只是自信，还有意想不到的惊喜。过去不可逆，未来不可知，只有当下是自己的，如果有得选，那就当机立断，义无反顾，即使错了也无憾。

正如许巍唱的那样：没有什么能够阻挡，你对自由的向往……愿所有在他乡打拼、无比辛苦的人们，回身如意！

第二辑　落花而生

133

走在山野的秋天里

"最重大的事，不是最喧哗的，而是最静默的时刻。"

——尼采

写下这句话时，我刚从山野里回来，又回到了喧闹的城市。

面对一座座城市，我是匆匆过客。走进一座座大山，我情愿是牧草，是依附在山野肌肤上的一片绒毛。

山野是近几年去得比较多的地方，当我背起行囊走出家门时，我的眼睛自觉不自觉投向的还是山野。

下了一夜的雨，屋里有些潮潮的湿冷，偌大个房间，两张床我一个人睡，感觉孤独又寒冷。一夜蒙蒙眬眬怎么也睡不踏实，黎明前才算入睡，忽然又做了一个梦，梦中小弟一脸忧愁地对我说："姐，我这两天拉肚子怎么是绿颜色？"我说："这不正常吧？我去给你找几粒药吃，不行我们去医院吧。"正说呢，自己一惊便醒了。

想想小弟离开我刚一个月，我连他最后一面也未曾见到，大家告诉我他是消化道大出血所致，成盆拉血好吓人。我不能理解，好端端一个棒小伙子，怎么说没就没了呢？

此时是初秋，搁浅在他乡客栈，秋雨淅淅沥沥下了一夜，凉是由内而外的。也许，真的是九泉下的弟弟有知赶来陪伴我，解我心中种种疑惑。

看看表还不到七点，只好起身看书。十点朋友赶来，退了房，我们向南山进发。

一层秋雨一层凉，温度比昨天下降了五六度，风有了很强的穿透力，虽然阳光很明丽，可坐在摩托车上感觉寒气逼人，行程不到一半手脚已冻僵，即使这样也没动摇我走进山野的决心。

骑摩托去南山是我提议的，没有能力行走，又不愿坐车观山，觉得骑摩托是最好的选择。

大约走了一个半小时，我们进入了南山牧区。

其实，南山是个统称，新疆以天山为界，天山以南叫南疆，天山以北叫北疆。北边的人习惯把靠近自己的那段山叫南山，诸如乌鲁木齐南山，呼图壁县南山，玛纳斯县南山，等等。而南边的人一般说去后山。

进得山才发现，四野静极了。经过一夜秋雨清洗，天蓝得逼眼，云像薄纱，一片一片错落有致地挂在天边、山腰，远处的山因松林的衬托，觉得还有很浓的绿意在里头，近处已是一片金黄，羊群、牧人连同曾经的喧闹山花和鸟虫，随着转场的脚步早已远逝，望不到边的草甸子和起起伏伏的山峦看不到一丝动的痕迹，好像这里从未被打扰过。偶尔，显现在山腰或谷地的一小片一小片金黄的晚熟小麦才让人记起这里曾播种过。

当繁华落尽，喧嚣远逝，山野里流淌的是静静沉思，空气中弥漫的是淡淡草香，一切都显得那么饱满、丰厚，没有春的渲染，没有夏的张扬，也没有冬的肃穆，整座山野像一位铅华洗尽的中年人，静静地、稳稳地站在我面前。

坐在高高的山崖上，听风、观云、望远山，花儿凄凄地隐退，种子悄悄沉入地下，果实沉沉挂在枝头，大地不作任何声响，世界只剩下我，我独享着这一份广大、壮阔和静默，没有一丝杂音，没有一粒灰尘，多么富有的安静呀！

随着年龄的增长，我发现自己越来越喜欢过安静的日子，每天照看孩子、料理家务、看书、上网、写心情文字、研究地方历史，而股市、物价、政府换届、人事升迁等等都与我无关，和外界的联系越来越少，最简单、最普通的日子才是我的最爱。

曾经的恃才自傲、年少轻狂、无知无畏，如今想来是那么滑稽。记得刚出校门的几年，工作来得很容易，干得也顺手，受人捧的时间很多，于是，觉得世上没有自己不会的事，什么都难不倒我。调到新单位，领导问我适合做什么，我不加思考地说：除了财务工作我什么都能干。多么不知天高地厚啊！现在每每想起先自红了脸。单单一个做人，穷尽一生也未必做得好，又何谈能做好一切？

生命的历程中离不开形式上的喧哗，也少不了内容上的静默，如这秋天的山野，丰富而静默。

在山野走走停停，不知不觉竟然走了一整天，回头算算，一天走了120多公里，竟然没觉得累，身上比以往更轻松。

菜如其人

早先，在机关做秘书，大家都很注重写一手好字。那时没打印机，领导讲话稿都是秘书手写。你想想，如果写一手龙飞凤舞的行草，你就是把讲话稿写成唐诗宋词，领导也可能发配你去送报纸。拿着讲话稿认不出你写的啥，要你何用？

幸好，那时我的字除了有时候不自觉伸胳膊伸腿，整体还能看。

那个时候，领导拿起材料不是先看内容，而是看字：呵，这字不错，一看就练过。

这个烂字，谁写的？拿回去抄清楚再来……

凡此种种，最后总要来一句，字如其人，是人第二张脸，你们要好好练练。

后来，BBS和博客兴盛，凑热闹写点油盐酱醋散淡短文，在别人的和自己的文章底下跟帖，常常可看到：文如其人，果然是一个心细如发的人云云。

每每看到总要腹诽一下：嘁！有依据么？

至少，我觉得不管文章还是笔迹都具有一定的欺骗性。比如我，在文字里，总喜欢写花花草草和一些有调调的小玩意儿，不了解的人就认为我文艺范十足，风情万种，仪态万方……

有网友居然一厢情愿地认为我是那种小鸟依人、楚楚可怜、多愁善感的小女人，时不时留言，各种嘘寒问暖，呵护备至！

啊呸！我从来都是自己扛面粉上楼的好吧？你们看到的那是附庸风雅，装点门面。

爆粗口、没耐心、喜欢两肋插刀、藏不住隔夜食才是真我。

不过，自从今年学会了种菜，我得承认，菜如其人。

这个肯定不包括你们，只限本尊。

回乡下种菜这事对我来说，预谋已久，迟迟没动手，是因为我贪。总认为，赚够多的钱，处理好七大姑八大姨们的家事，落实好房子、车子、票子、孩子，去乡下才安心。直到有一天，意外轰然倒地，小命差点交待了，经这一濒死体验，触发了自我觉醒：如果倒下再没醒来，那些心心念念没完成的目标又能怎样？是地球停转还是惦记的人都活不下去？

答案是：除了自己消失，啥都没影响。

这个窍一开，便一发不可收，天天找"大猫"要辞职、要回家、要种菜……

说干就干，辞呈一递，挥一挥衣袖，不带走半片云彩。

回到乡下，那真是豪情万丈，激情澎湃。马不停蹄就奔菜地而去。挖戈壁、换土、施肥……小院连个雏形都没有呢，便迫不及待戈壁造田，在地里舞弄起来。

别人买菜苗是论棵，我买菜苗是论盘，西红柿来一盘，辣椒来一盘，紫甘蓝来一盘……豪横得不得了，掂回来才发现，忒多啦！一盘少则三四十棵，多则上百棵，腔大块地儿，咋也种不完，只好四处赠送。

4月25日前，兴高采烈把各种苗种下去，到5月25日，苗还是那个苗，一寸没长，6月25日，别人家都开花挂果准备开吃，我的苗还没有一尺高，咋不长呢？

每天早晨第一件事就是瞅我的苗，发现一根野草都要连根拔掉，水也不停浇，看上去绿油油的，成活率很高，可就是不长个儿，咋回事呢？

急火火找度娘、问邻居、找庄稼地的老把式，各种诊断，最后结论：生土，还是黄黏土，农家肥给少了，苗下地一给水，土壤板结，夹苗，长不起来。

于是乎，满世界买羊粪牛粪猪粪，那段时间，走哪里眼睛都跟探照灯似的，到处扫描有没有粪。活了半辈子，没想到有一天这么渴望拥有臭烘烘的粪。

7月过半，苗苗们终于迎来富足的生活，满满一大车发酵好的羊粪进场，迫不及待地一桶接一桶往地里沟里倒，每个苗下都铺了厚厚一层，然后继续浇水、松土、拔杂草，期待它们吃饱喝足快快长大。

只是没想到，三伏天巨热，再配上羊粪加持，两周后，辣椒和西红柿呈疯长之势，豆角黄瓜全部烧卷了叶子，死翘翘，还有春天埋的蒜瓣集体消失，几棵不知道是南瓜还是西葫芦苗半死不活地熬着，所有来观摩的人都善意地安慰我：第一年长成这样已经不错了，我第一年连野草都舍不得薅，就想看个绿。

这里，南方朋友回避一下吧，你们饱汉子不知饿汉子饥，这边土壤瘠薄，降水量又跟小鸡尿尿差不多，遍地石头，开辟一块地，首先得把泥沙石头拉走，从农民那里买来泥土填进去，如此一番折腾，两三年能长出点子绿色已经很好了。

在我火热的心渐凉、末伏将尽时，忽然发现枯萎的黄瓜、豆

角、茄子们从根部又悄悄发出新芽，最奇妙的是，消失的大蒜齐刷刷全冒出了妖娆的蒜苗，那些本该进入落秧期的南瓜、吊瓜重又吐丝展叶，可劲地向架上爬，在地上趴了一夏天的丝瓜，三五天便刺溜蹿上了棚，几天不见，藤蔓上就悬上了一个个瓜纽纽，又过几天居然就长到尺把长。

最夸张的是9月中，各种瓜们不但长得壮硕，有的还已长到一米多长，若问是啥品种？真不知道欸。当时热情太高，买来的、要来的、网购来的五花八门的种子，不管三七二十一，只管往土里埋，叫啥玩意儿早忘了。

那些日子，每天最喜欢的事就是看菜。特别是白露过后，明显感觉到它们只争朝夕地渴望长大再长大。豆角、黄瓜花儿争相开放，茄子更不示弱，茄纽纽一个接一个。

早秋的清晨，空气微凉，四周寂静，远处的鸡鸣高一声低一声隐隐传来，在并不茂盛的小菜地里慢慢侍弄花花草草，跟每一个后知后觉的菜儿瓜儿对话，表扬它们厚积薄发，长得棒！

太阳升起时，太阳花、九月菊、观赏葵、毛茛花次第绽放，那些从未谋面的蜜蜂、蝴蝶、花尾雀陆续到来，它们代表了生机和灵气，一边欣喜地看它们翻飞，一边细细侍弄我的果蔬。哪个芽是新发的，哪棵秧要绑架，今天可采摘哪些菜……虽然指甲里嵌进黑黑的泥，水泡泥浸的鞋子早开了瓢，头上粘着草屑，裤管被露水打湿，但儿时熟悉的那种芹菜味、辣椒味、西红柿味又回来了，那是幸福的味道，弥漫着每一个毛孔，此时，所有疲劳、失望、气馁全都烟消云散，只有满满的欢喜心。

黄昏，捧一本书，坐在藤蔓下，微风翻书页，花香入字行，读的不是书而是愉悦的心境。夕阳滑下墙头，繁星覆满棚架，抬起头唤一声："老板（我的虎斑猫）。"见它正全神贯注匍匐在柴垛抓老鼠，不禁会心一笑。此时，天空是我的，大地是我的，吃饭星星入我碗，睡觉月亮照床前。没有什么比身心全部融入自然更让人舒适安逸了。

为种菜，从县城到郊区，一星期烧一箱油，各种种子、苗木、农具，日日翻弄投入精力，甚至没时间记录一下一闪而过的各种灵感，总有朋友戏谑：用花的成本买菜，够吃两年了。但是，他们不知道的是，一路走来的点点滴滴是没法用钱买的，感受生命成长过程，从中受到的启示没法代替，特别是秋天给我带来的惊喜远远抵偿了所有的付出，犹如进入一场修行。

想想三十岁时，蒙昧得一塌糊涂，如同《皇帝的新装》里的那个小孩似的，别人都不说，只有我冲口而出，毫不忌讳；四十岁时，还是个二愣子，眼里的世界非黑即白，没有过渡色，不知道啥是高级灰，为此搞得遍体鳞伤，还不知道问题出在哪里。直到有一天上帝放大招，让我三天失去两个亲人，同步而来的还有被莫须有免职，人生触底，此时，才懂什么叫向死而生。为了让自己死得更彻底，断然离开了苦恋二十多年的工作单位，然后，跨界到完全不搭界的行业。精神，在灰烬里重启，人，也一点一点活过来，知道了看破不说破的好处，明白了世界是多彩的，没有真正的黑和白，学会放弃和放下，所有的事情出奇的顺利，人如枯萎的豆角黄瓜一样，发新芽，长新叶，结新果，即使秋阳临体，也不停步，用积攒一春和一夏的能量，积极让自己变好、变更好。

还好，一切不算晚，毕竟秋天才刚刚开始，有的是时间在多彩的岁月里渐次成熟，即使冬天来了又如何，每时每刻都在变丰盈、饱满、坚实，这就够了。

最惹心疼

　　当人们在为除夕不放假而喧嚣时，当我的同事睡眼蒙眬地在网上抢一张回家的车票时，我茫然地望着窗外，觉得那个即将到来的年，把这个世界瞬间搅得熙熙攘攘，竟然没有了下脚的地方。

　　于是，在那个所谓的"年"扑来之前，我先自落荒。

　　拎着简单的行李，牵上女儿来到一座我们不喜欢、也不熟悉的城市，找了一家小旅馆安顿下来，把女儿送到画室，出得门来，抬头看看天，灰蒙蒙的，举目看看街，乱糟糟的，除了车就是人，一声叹息：出逃，又何止我一个！

　　把口鼻缩进围巾里，深吸两口城市各种混搭的空气，索性让心随脚，眼随景，管它晴天雨天，管它人多人少，撒开了跟着脚步去吧。

　　北方的雪，既妖娆多情也恣意暴戾。特别喜欢那种大片大片、有棱有角、飘飘摇摇、洒洒脱脱的雪，它们每一朵都有着规正精致的纹路，在天地之间无声无息优雅着、舞蹈着，像无数个燃烧生命的舞者，义无反顾，扑向大地，向死而生。

　　最不喜寒风裹挟的沙一样的雪粒，它们把形状缩到最小，包裹起所有的美丽，以尖利、快速、无孔不入的姿态降临人间，寻找生路。

年关的边城便下着这样的雪。在簌簌雪粒中穿行的人们，脸上或开心，或愁苦，或焦急，或淡定……不过，大多数如我这般面无表情，热闹的场景下，是一颗颗踽踽独行的灵魂。

当出行不再用步量，读书不再要翻书，交流不再需要面对面，了解世界也不需要行万里路时，能停下来安安静静地坐一会儿，聊一聊，从容地阅读一本书、思考一些问题便成了一种奢侈，灵魂注定成为孤儿。

站在陌生的街头，打量着、寻思着、跟自己讨论着。

地下通道口的琴声哀伤，歌声忧伤，踱过去，停下，听了一会儿，摸出5元放在他面前，走出好远才想：他四肢安好，比我年轻，比我健康，讨生活比我容易吧？为什么自己一地鸡毛，却偏偏看不得别人疾苦？又一次自我缠斗！

于是，在下一个路口，看到那个穿着校服、跪在地上乞讨的女子，犹豫了一下便坚定地走开。虽然纸上歪歪斜斜写着：学生，遭窃，无钱，只乞5元。可是，我想，如果是我，就去身后任何一家店里说明缘由，帮一天工，少说也能换回10个5元吧？

城里坐车便捷，走路却极其不方便，一手指到的地方，偏偏要钻到地下，曲里拐弯绕好几遭才能到。不过也有好处，比如现在，寒冷的通道里，蓦然出现一个女子，梳着20世纪30年代端庄的发髻，一件优雅的斗篷式黑大衣，枣红色小拎包，肤如凝脂，红唇微启，高跟鞋在结冰的地面娉娉婷婷，那份高贵与从容，看一眼惊魂，看两眼失魂，我一女人都如此，不知道那些匆匆而过的男人们是啥样子？

还有那些对对双双的男男女女，单从年龄、穿着、眼神、走

姿便可区别出个三六九样来。真夫妻、假鸳鸯、揩豆腐、好基友、老伙计，诸如此类，以咱这种经了四十多年风雨的山野老妖，瞅一眼能估摸个八九不离十。如果兴趣扩展，还可以接着看看那些来来往往的人们身段几品，服饰几档，模样几分……

可是，这些个看再多又有什么用呢，跟我有什么关系？最终还要回到生计上来。哈佛大学有一句名言：当你为自己想要的东西而忙碌的时候，就没时间为不想要的东西而担忧了！

我这会儿像是没了目标和方向，所以一直在瞎担忧。现在应该去哪儿？还真是个问题。

平时大家都糊涂着过，可一到过年都拎得贼清，目标明确，方向清晰，唯有我这个从农村混入城市的工具人没了方向。

以前吧，别人问我是哪里人，回到老家我说是新疆人，到了新疆我说是江苏人，后来发现那个叫南通的地方离我越来越远，乡音和记忆都渐渐沉睡，而后，我又翻越天山，从北边到南边定居，于是回到北疆，同学朋友叫我南疆人，回到南疆，同事又说我是北疆的，只有回到爹娘身边时，他们说我是他们身上掉下来的肉，也只有那时，我才真心感觉踏实。只是，我还没有咂摸透这踏实的滋味，我爹我娘就找他爹他娘去了。

我想这不打紧，他们走了还有我，还有我的孩子，人生就是如此。

可是，我喜欢"可是"这个词，因为有了它，我们才能表述事情的一个方面和另一个方面，才知道很多事情不是像我们看到的、想到的那样，如同锦缎，有精细华丽的正面，必然有粗糙朴素的背面。

我以为我爹娘走了，我的根早扎在脚下这块泥土里，结果不是这样。就在昨天，忽然接到一个电话，开口就喊我乳名，只一声我就呆在了那里。这是久远的、儿时的一个玩伴，一声乳名，把我拉回同一块土地、同一代记忆。

乳名，一个源自亲人的专属物，在这个即将到来的除夕，狠狠撞疼我的心口。还能找到一个能喊出我乳名、让我心无旁骛饱睡一觉的地方吗？

搓着记忆的毛边，翻遍所有过往，没有了，即使有，也在我多年漂泊和远离中沦陷。

什么是故乡？就是有人能叫出你乳名的地方，是你亲人埋葬的地方，是常常出现在你梦里的地方，是你时常记得又不能时常回去的地方，是你心床一直孕育的一粒种，无论离开多久，走多远，都会随时在你心尖上破土而出。

当新年的钟声敲响时，我和女儿在异乡的小旅馆中，看着满天绽放的烟花，吃着盒饭，计划着马上去电影院看整个夜场，以此来跨年。

不知道多年以后，孩子长大了会不会记得这些，会不会像我这样，在一些不经意的时候，在过年这种乡思稠密的日子里，也会觉得心无处安放，体味到故乡盛不下肉身、他乡放不下灵魂的滋味？

沙枣花飘香的世界

来到天山中段的拜城县，离家又远了很多，离老姐远了更多。相熟的和关心的亲人们都是那句话：怎么跑那么远？要照顾好自己啊。

人生的际遇就像摸盲盒，里面是什么，只有打开才知道。

到举目无亲的地方工作已经不是第一次，每次都承载着亲人们诸多的牵挂和担忧，而我，每次都以懵懂的姿态迎接未知，因为想再多都是没用的。

新疆每隔几十或者百公里就会有一片绿洲，看似与世隔绝，其实生活在那里的人们从来没觉得。对于每一个到访的客人，他们都会自豪地给你介绍在他们眼里引以为傲的人文、地理、特产等，想告诉你这里真的与众不同。

但是，我不知道有一天会跑到500公里以外的拜城工作。初到拜城，一切都在预料之中，是有思想准备的，只是遍地砾石让那些咔咔作响的高跟鞋没有了用武之地，这是我没想到的。不过这有什么呢？脚才高兴呢，四仰八叉地铺展在运动鞋中，舒服才是王道。还有，"不景气"三个字渗透到方方面面，遇到谁都叹息：不景气。不景气也要过，这个谁都明白。没劲的日子使劲过，才能过得去。

说来真的没劲，工作枯燥到像睡觉前数绵羊。上班、吃饭、睡觉，宿舍、食堂、办公室。周边一片荒芜，每家企业都用高高的围墙垒起，各干各的事，基本看不到活蹦乱跳、精气十足、富有烟火气息的状态。据说，县城烟火味多一点，可是相距8公里，进出工业区是一条窄窄的两车道，每天无数超长超大车辆来来往往，把路挤得像一条蚯蚓，偶尔骑车到县城公园透透气，在这个羊肠小道上，一不留神就给大车挤到路牙子上去了，很是窝火。不知道这里的设计者哪个学校毕业的，花几亿搞个水景公园，又花几千万把城内道路开膛剖肚翻好几遍，一个入住几十家企业的工业园区，连条宽敞的路都没有，这智商值得商榷，如果他老师看了，会不会有补课的冲动？

　　本人虽有心向佛门，怎奈六根不净，总是恋恋红尘，不甘寂寞，时不时就想往外跑，去沾染一些烟火气。有一段时间，骑着小红车把厂区周边方圆20公里范围基本轧遍，在山野飞奔，到田野采蘑菇、捞鱼虾，跟村里人攀亲戚，正嗨得不亦乐乎时，突然发生一些事，一时间，所有的商贸场所、公园、相关单位都是钢筋围栏、上锁、上安检门，进出任何场所都要经过烦琐的检查，瞬间失去出门的冲动。

　　窝在厂里，又回到数绵羊的日子。不知道在哪里看到这样一句话：男人孤独才优秀，女人优秀才孤独。虽然不能像有些人一样逆袭，但自娱精神还是有的。公司把大片荒地发给我们这些离群索居、下班无所事事的男女们，鼓励我们把多余精力播种到大地里，于是每个人根据自己的能力和野心，开地造田，按自己心意种上萝卜白菜什么的，一下班就到小菜地侍弄，整个春天、夏天忙得不亦乐乎，每到周末，都在自己的小菜地里欣赏和劳作，

互相赠送果蔬，又到彼此地头评论一番，别有一番情趣。

而我这个有浪子芽胚的种子也没闲着，不种地、不打球、不斗地主。上班较真，下班看书，富余时间"寻花问柳"。这家地里摘把豆角，那个地里拿几根黄瓜，还顺带给人家点评一番。别人碍于面子由我造，不过羞耻心从不让自己太随意，更多时候我喜欢独自在厂区周边瞎转，观察野花野草的长势，寻找它们与家花不一样的地方，时不时采一捧回来插在矿泉水瓶里，让淡淡的花香伴我夜读。

最爱春天，厂区到处开满了紫色的马兰花、黄色的蒲公英和粉色的草本牡丹，每天早晨上班路上，草尖上露水晶莹、花蕊上彩蝶纷飞，阳光下，一切都显得那么生机勃勃，熠熠生辉，心情不自觉就荡漾起来，感觉整个世界都变得五彩斑斓，以至一整天工作状态都轻松快乐；最最喜欢春末夏初，路边茂密的沙枣花次第开放，米粒似的黄色花蕊成串成串挂在树梢，微风吹过，阵阵花香扑面而来，这是曾经伴随我整个童年时光的花香，此生最难忘怀的一种记忆，在任何时间、任何地点，只要闻到它，记忆的闸门都会立刻打开，所有的事物都随着记忆复苏变得特别美好。

有时，真的很佩服人的记忆习惯，潜意识里记住的好，一辈子都是好，即使不好也能从情感上让自己变得舒服，也许这就是一白遮百丑吧。比如来到这里，正值春季，虽然环境十分恶劣，除了人就是粉尘、石头和机器噪音，但是因为有弥漫在空中的沙枣花香，我居然就能舍弃优雅的裙装、高跟鞋、各种化妆品，穿上宽大的工作服，兴高采烈地踩着砾石上班、下班，到岗位上跟工人聊天，还时不时用套话鼓励别人两句，把对一棵草的希望、对一朵野花的喜爱都记录在朋友圈，提醒着自己，一切都是最好的安排。

每天的视频会，最上面的总，总是一副心急如焚、恨铁不成钢的状态，一家一家发问，一个一个批评，兄弟们相望于视频，彼此无言以对。怎么对？有钱才是硬道理，虽然，钱这个狗东西，一夜之间人间蒸发，谁都找不到它，可是，找不到钱的日子一样要过。所有分公司汇报都是好困难，好难熬，结果挺过一年又一年，一天没落下。

沙枣花开了又谢了，枝头的果实据说营养价值很高，可是没有人注意到它，除了寒冬里饥饿的鸟儿偶尔啄几颗，剩下的会一直挂在枝头，直到第二年花开，这些果子才会在春风摇曳中坠入泥土，再次寻找发芽生长的时机。而今，企业所面临的就是这样一个怪圈，也许有一天，春风会来得早一点，或者人们发现了沙枣花和沙枣果不可估量的养生价值，会大涨起来呢。

虽然这是梦想，但是，不是说心里有什么、你的世界一定就是什么样吗？至少，我的心里一直有一个沙枣花飘香的世界。

减法，我的2018

承蒙时光不弃，感谢每个阶段不同的自己，又安安稳稳过了一年。

年初，在谋划一年的工作时，拉出整整四页表格，硬是把自己吓到了，愁得不知道接下来的日子怎么熬。事实上，都来不及喘息，日子"嗖"一下就完了。

好像年龄越大，日子越像人民币，一点不经花，一张大票捏在手上，还没焐热，转眼就花光了，换来的只是少得可怜的一点记忆。

想想这一年，真没有什么值得书写的，除了整日忙于事务，居然没有写一篇像样的文字，也没有做一件有成就感的事情。唯一心安的，是每一天都认真对待，不敢有丝毫放纵和浪费。

如果说有什么收获，应该是内心更平静、更充实。虽然身在职场，但不再为所谓的成就、名利、位置烦恼，某种程度上，这些东西就是一种负累，应该做减法。

自从有了极简概念，做减法成了日常功课，比如人际关系，无论江湖还是庙堂，随缘。若同频必共振，何须刻意？

那些越走越远的朋友或亲人，走就走了，有聚就有散。

不管什么人物、什么场合，不再主动迎合，更不会刻意接近，没必要！在信息如此猖獗的今天，想找一个人太容易，就看人家想不想找你。

那些热情加我微信的，我也会给足面子，加就加吧，但是，你加了我就变成僵尸，从不理我，也不勾搭我，对不起，日子久了肯定找不到我。

微信是个好东西，人人都在刷刷刷，但是，我就这么烦它，定期清理，人数不过百。又不卖保险、做微商，加成百上千人干吗？一介草民，能给人家发红包还是能让自己赚大钱？明知无意义，何苦要负累？

做减法的还有饮食和衣着，一改过去买买买的臭美心态，穿，简单、利落、干净就好，吃，健康、绿色、舒服就好，基本过午不食。如此坚持下来，一年体重没波动，健康很尽如人意。

再说说心情，转战城市后，感觉自己变成了一头困兽，听不到雀儿叫，闻不到野花香，更吸不到雨后那种润润的泥土味儿，最不能忍受的是，每天不是穿梭在人来人往、车水马龙的街上，就是在高高的、密不透风的鸽子笼内，总在逃离和坚守中人格分裂，也许是真的缺少一个契机。

最后一天，赖在床上天马行空梦游到晌午，刷到一小哥2019年人生小目标，着实吓一跳，思、行、学、做、改，都给自己量化了一个目标，作为老牌"三好生"的我羞愧不已，立马起床，奋起直追，整理书房时，翻看一年来的工作日志，诸多人和事再次浮现眼前，忍不住又记在本本上抒发几段。

这一年最有触动的，是20多年的闺蜜加同事，放弃了最好的时机，从围墙内走出来，寻找自我的同时，更多是为陪伴年迈的双亲，她做得比我好，特别特别钦佩！

　　这一年最感慨的是，死党加姐妹，中年之后，在孩子成家、事业有成、父母已故、再无挂碍时，毅然放弃了她的丧偶式婚姻。不知道现在有多少中年夫妻的婚姻变成了一张招牌，只为给人看？至少我的死党这些年从一个柔声细语的小女子，成长为摔断了胳膊都不掉一滴眼泪的铁娘子，这得感谢她那位除了抱怨只会抱怨的名誉丈夫。为此，我们有过无数次探讨，最终，还是做了减法，剔除身心多余的负累，真的很必要！

　　作为半个文化人，还是要说说文字，工作上的文字每天都码，但那是维持生计、不谈温度的。内心流淌出来的才是有温度、有情绪、有滋味的文字，可惜这一年没写多少成形的东西，倒是随手记了不少日常生活中的人和事，期待有一天真的闲下来，可以整理点东西。

　　定期看一些大片、读一些书是生活的调味。

　　这一年看到的最好的纪录片是《生门》，宝贝女儿推荐的，剧情聚焦在武汉大学中南医院妇产科来来往往的产妇和家庭，忙忙碌碌的医生和护士，没有刻意摆拍、渲染，连一句旁白都没有，用生猛的镜头语言，直面生命诞生现场，通过无数孕妇，传递的不仅仅是生命诞生，还有医德、人性、伦理、责任……挣扎在底层的普通民众因为无救命钱而悲哀，医者因努力保住了一个生命而欣慰，还有病房里患者之间的关爱和温暖，透过画面能让人沉思，每一个故事都特别有冲击力，总是忍不住泪奔。

　　看书相当于忙碌中的茶歇，是调整情绪，也是小憩。

　　一年中林林总总看了十来本书，记忆最深的是冯骥才的《三寸金莲》，对冯先生的叙述方式和那个年代的风土人情的兴趣高过故事情节。顺带又看了一遍张恨水的《啼笑姻缘》，与其说看，不如说是怀念自己的青葱岁月，在初二懵懂的年龄遇到了这本书，才慢慢懂人事，去年，在一个旧书摊遇到它，毫不犹豫收下。此时再读，眼界、心绪已是天壤之别，唯青春不再，初心难寻。此外，一直在追网络小说苗疆系列，追小佛这个蓝胖子整整5年，也算不离不弃，这是继南派三叔的作品之后，我认为写作手法和构思较为上乘的一个系列，每天睡前必看，不然难以入梦。

2018年最喜欢的书是《摆渡人》，10—11月，心绪最烦乱时看到它，记得读到崔斯坦跟迪伦顺利返回人间，并且消灭了尾随他们而来的恶魔，得到审判官允诺而留在人间时，我居然长长舒了口气，似乎把几个月来的焦虑、烦忧、嫌弃一同吐了出来，看看东方已泛白，才发现自己沉浸在书中已两夜一天，一骨碌翻起，把攒了半月的活都干完，居然精神抖擞，身轻如燕，可见精神食粮有多重要。书中传递的正视生死、永远善良的理念，以及略带玄幻、诡异、荒唐的叙述，使这部灵魂治愈小说，在我脑海里一遍遍播放。史诗般的动人故事、完全意想不到的情节构思、作者高超的写作技巧和多重主题的交融，不但使作品别具一格，而且更让人明白，当必须直面生存和死亡、灵魂的毁灭与爱情的永生之艰难选择时，坚持善良、正直、无畏才会让人生不后悔。

这一年，还有很多小感动、小确幸，比如，老姐在我一再威胁下，不再吃冰箱剩饭，也舍得给自己花钱，知道去把烂槽牙做了烤瓷，懂了好好爱自己就是爱孩子的道理。

站在2019年的大门口，不想给自己预设太大目标，心绪更好，身体无碍，我爱的人和爱我的人都比我过得好，这就齐活。

再次感谢相遇、感谢生活、感谢自己，愿我们走一程又一程，诸事吉祥，到永远！

落花而生

学《落花生》时，我还趴在古尔班通古特沙漠腹地的一个泥巴课桌上，一边抽鼻涕，一边想着快点下课去踢毽子，不知道花生为何物，老师讲的和许地山写的于我就是完成识字、造句和课后作业。

直到多年以后的今天，见过和吃过无数花生，仍然不知花生是咋长出来的。

种花生完全是临时起意，当所有苗都栽完时，发现地角还空着，东翻西找在厨房找到两把花生米，就拿来补了进去，并没指望能成，只是单纯地不想空下，甚至不知道是带壳种还是用花生米种？

大概一个星期吧，惊喜地发现出芽了，样子跟常见的苜蓿草差不多，跟四叶草也有几分像，不知道它们的祖先是不是一个科？

后来，来的不少人都以为那是苜蓿，说明没见过花生的不止我一个。

刚学种地的人，精力充沛，感情饱满，只要能出苗都满心欢喜、精心侍候。当开出黄色的小花时，我开始畅想秋天收获的情景。

一日，两个山东朋友到访，看到花生，连忙跑地里去踩，我急火火撵过去：干吗踩啊？

朋友说：花生是地上开花，地下结果，从花蕊里生一个须，探到地下结籽，秧踩趴下，花挨着地才能扎下去。人家都是沙土种容易扎下去，你这地又生又硬，结不了啥，秋天能收一盘不错了。

听得我目瞪口呆！花生是这样子长的吗？太不可思议了。于是，隔三岔五就蹲在花生前研究，就是想搞清楚花是怎么跑进土里的。

果然发现花蕊里伸出一个长长的须，然后慢慢探到土里，为了让它们更容易扎下去，时不时就去松松土，踩踩秧，有时手贱，还会扒开看看，看到须头有个米粒大的小纽纽，真是开心，赶紧又埋进去。

进入暮秋，秧已泛黄，准备起我的花生。拢共十几棵，怕动作快了会错过什么，就拿个小凳坐着，一棵一棵起，还要把周边扒拉一遍，生怕遗漏。每拔出一束都是满满的成就感，虽然瘦瘦小小不饱满，但是自己亲手种下，又天天瞅着长成的，重点是第一次见证了它神奇的结果过程，感受真的不一样。再次明白，每一种生命都有自己的活法，每一种活法都值得尊敬！感叹自己埋头讨生活的那些年，忽略了那么多美好的事儿，要学习的东西太多了。

晚上，咱也学许地山，把仅有的两盘花生煮成五香的，尝尝自己的劳动果实。

肯定没有许先生那样从一粒花生映照出人生的深邃思想和深刻感悟。不过，灵光乍现，一瞬间悟到《落花生》的"落"字，

真妙!

联系到我种花生，没有本次实践，哪里知道花生即使长得再高，开出鸟喙一样黄嫩嫩的花，还是要深深地埋下头，努力向下，才能成就自己，将生命延续。

换句话说，离开实际，本本上说得天花乱坠都是白瞎。

"老板"出逃记

"老板"是只猫，性格温顺，少言寡语，逆来顺受，怎么撸、怎么揉，甚至下口咬都不带吭一声，唯一出声是讨要吃食和它自己有要求时。见不得人拿任何零食包，只要听到或者看到拿包装袋，立刻喵喵而至，如果不理，爪子就上。

家里来客，只要手里拎了东西，它必然第一时间凑上去又闻又蹭，客人以为它不怂生、社牛，谁会想到它是一只没皮没脸的馋嘴子呢？

养老板之前，收养过一只流浪猫，纯白色，怀着娃找上了我，体检时它居然瞒过了宠物医生的眼。到我家不到两个月，给我生了三只小花猫，这是2019年的事。那是一只古灵精怪、演技超群的猫，话特别多，给它起名叫话多多，因为混过社会、情商又高，在家跟我斗智斗勇那是没的说，或装瘸腿想讨猫条，或撒娇卖萌要上床，特别会察言观色，跟一只潜伏猫似的，我根本不是它的对手，这是后话，找机会给它单独开篇。

继续说老板。老板是2020年，我在家实在憋闷，短暂放开的几天里，偶然在县城一个宠物用品店看到的。它关在笼中，身材修长，猫头鹰一样华丽丽坐在那里盯着我，以我老"颜控"的眼光，一下就锁定了它的颜值，不自觉手伸过去，它竟也咕噜着贴

上来，有过养话多多的经验，立刻感受到它对我非常之亲近，我对它也非常之欢喜，跟店老板聊了一下它的身世，说是自己家猫生的小虎斑，一番讨价，连同吃喝拉撒全部家当在店里一并置办好，直接带回家。

说来也怪，虽然它只两个月大，但是一点不闹，整天安安静静的，喊它就过来，不喊就自己玩。吃猫粮、用猫砂也不需操心。刚好8月1日接回来的，我就叫它八一，叫了两天发现闭口音叫起来不利索。又发现这个发音与维吾尔语中的巴依、蒙古语中的巴音（都是地主老财的意思）十分接近，干脆叫老板吧。想俺祖上世代农民，到了我这儿虽然不再种田，也没能发财，家里有个叫老板的成员装装阔也不错。从此，老板就成了家庭一员。

准备领养时，老魏极力反对，声称："猫猫狗狗又吵又闹，很费事的，拿回来你管，我不会管的，敢烦我对它不客气。"我心说，敢对它不客气试试？打折你的腿。

事实上，三个月下来，乖巧懂事又黏人的老板首先俘获了老魏这个直男。老板性格好、颜值高，我这里出手又阔绰，营养膏、卵磷脂、小鱼干、罐头、猫条、无谷猫粮供应充足，没几天，小老板噌噌长成大老板，半岁就长到10多斤，毛色光亮，体格壮硕。谁见了都说："哇，这猫长得跟小老虎一样。"每每此时，老魏便一脸傲骄。

重点不是这些，重点是老魏的变化忒大。原本就是个理科男，平时搁家里，你不找他说话，一天都难开金口。老板到来后，老魏不仅变成了碎嘴子，还成了是非精，有事没事跟老板瞎唧唧。

一会儿问："老板，要不要吃罐头？"

一会儿又问："老板，你妈又骂你了吗？"

我们一起去给老板做的绝育手术，回来看到老板哀怨的眼神和痛苦的样子，老魏一个劲对它表白：

"老板，难受得很是不是？明天给你买小鱼干哦。"

"老板，你的蛋蛋是老潘割的，不是我干的啊。"

几次三番把我嘚嘚火了，劈头盖脸一顿臭骂，才闭了嘴。

原来说好的三不管，现在全部管。早晨还没醒，老板便趴他耳边嗲声嗲气叫早，老魏即使有一百个不情愿也经不住老板三声带转弯的喵喵喵。一边问干吗呢？饿了吗？要出去吗？一边睡眼惺忪地下床跟着老板走。一般情况下，老板百分百会把他引到放零食的地方，忽悠他拿好吃的。

老魏的百般溺爱也换来老板十二分的回报。任何时候见到老魏都是夹子音，有什么需求也是对着老魏哇啦哇啦，老魏只要一叫，立马跟小狗一样屁颠屁颠跟着走，这让老魏很满足。

有时，旁观老魏跟老板对话、互动，真像老父亲看小儿子，满眼都是星星。甚至不把老板带身边都不习惯，我们偶然回城里住两天，老魏就要回，说进门出门看不到老板没意思，回到县里的家，第一件事就是撸老板，嘘寒问暖叨叨半天，好像老板真能听懂似的。

老板一直生活在楼房。开春后，农村小院改造得差不多，便把老板一同带过来。刚来时，各种怕，连进门也尿得很，几乎是匍匐着爬回屋。

后来慢慢熟悉，开始四处探索，只在水泥地上走，走到地边时，爪子在泥土上探来探去，就不沾地。看到这一幕，想起女儿三岁时，带她回去看姥爷，第一次脚踩进沙土地，一个劲喊：

"妈妈，脚里有沙沙的东西。"

可见，人跟动物一样，都是环境的产物。

在院子日子一久，老板便喜欢上了这里，首先场地宽敞，可以随便跑；其次，院里有老鼠，原本以为宠物猫不会捉老鼠，没几天，它居然大大小小捉了好几个，还不忘摆到门口让我们看。

只是没想到，随着本领的提升，院内已满足不了它发挥。某天早晨起来，发现老板不在院里，以为躲在哪里睡。

早饭时还不见，这可是少见。老魏有点急，房前屋后寻，没有。又去院外邻居家挨门问，也没有。这下我也急了，亲自把犄角旮旯儿过一遍，又下菜窖、上房顶、小区群里四处呼叫，满脑子都是野狗追咬老板、遍体鳞伤的画面，一时心如刀割，催老魏扩大范围，甚至开车去附近荒野把沟沟坎坎找了一遍，又把院墙四周细细查看，推测它会从哪里越狱。

一个上午，只有一个心思：找老板。

听说，狗记人不记家，猫记家不记人。搬到小院后，老板只在屋里和院里活动，从没出过大门，实在担心这个傻子找不到家。抱着一丝侥幸，把大门小门全部敞开，又顶着风再次爬上屋顶大声呼喊老板、老板……希望它能循着我的声音找到回家的路。

快下午了，还没有音讯，我有点绝望，跟朋友在微信上说，如果老板找不到，以后再不养猫。

打开电脑，不知道干什么。不管干什么总觉得有猫叫，拉两盆花捣饬，缓解焦虑，好像又听到一声委委屈屈的猫叫，以为又是幻听，继续干活。

一直在外面苦苦寻找的老魏忽然推门进来，手里提着傻呆呆的老板，我的心啊，一瞬间复活，连忙接过来左看右看，好在毫发无损。只是灰头土脸，浑身土渣，问它跑哪儿去了，一脸委屈地看着我们。老魏说，听到猫叫，一回头看到它在门口探头探脑，好像在问是不是它家。

我们赶紧水、食侍候，食物它不感兴趣，对着水碗一气喝，半天不抬头，给老魏心疼得，不停念叨渴坏了、吓坏了。

养宠物前，不能理解人们对宠物如儿女般溺爱，养以后才感同身受，尤其失而复得的感觉弥足珍贵。

如今，养宠物已成普遍现象，人们也能理解很多人把宠物当子女养的行为。也有无法接受的，讥讽不孝父母孝猫狗，只是没有经历过或者探究过深层原因，妄加议论还是欠妥的。

面上看，我们的生活比以前好得太多，物质极大丰富，出行便捷，生活方便，每天有海量信息传递，好像什么都不差，但是，真的静下来时，会发现想说说话的人越来越少，能常陪在身边的人没几个，人与人的现实交流变得如高原上的空气一样稀薄，独生子女们基本都是断亲族，没有亲戚的概念，老人们成了空巢的老家雀，手机成了离不开的伴侣，快餐式、碎片化的海量信息支撑着人们的精神世界，深层的情感交流、宣泄成了奢侈品。

这样的背景下，人们不约而同选择了不会反驳、只会顺从人类的猫猫狗狗，在彼此陪伴、互相慰藉中情感得到寄托，生活有了一丝牵挂，在相互需要中，形成了一种新型情感，即人与宠物间的深情厚谊。这种状态说白了，并不是动物需要人照抚，而是人越来越孤单，需要动物来陪伴。

日子里的碎碎念

周天的公交车

周天的公交车不再像上下班时那么拥挤，连空间也感觉比平时大了很多。车子安安静静行进着，后边一女生在接电话，原本无感，但是三句话后，忍不住转头，因那声音娇柔如蛇，一声比一声嗲。循声看去，居然是个满脸X射线的老娘们，咋看也不是二八年华。话说回来，现在的二八女孩也没这么作的，一个个都是虎虎生威。四站路，她整整在电话里腻了三站，把人听得来气，一会儿嗯一会儿嗯，声调拖得长长的，看了几次脚上的骆驼牌马丁靴，脚痒得不行，不是考虑到后果，真想一脚将其踹出窗外。怕早餐吐出来，跑到车尾坚持到下车。

人生如四季，到什么季节有什么样子。过了秋天，便是老树秃枝，干吗硬要刷一层绿漆装嫩？嫩个毛线呢！为老不尊才最丑陋！

扁豆面旗子

某天走的乏了，就近拐进一家店，要了碗扁豆面旗子。忽觉此情此景如此熟悉，仔细打量店内外，蓦然记起曾经跟姐姐在这里一起吃过一次。不是因为饭多好，而是因为那时候姐姐已经病入膏肓，家里条件特别不好，看我大老远来，心里过意不去，说扁豆面旗子超级好吃，特意拉我到这里尝一尝。一转眼姐姐离开已经十年，此时此地的我，想起彼时此地的你，万分感慨，更是万分伤心——我依然阅读人世春秋，你却已经消失到没有几个人再记得了。

蝜蝂

蝜蝂是一种弱小的昆虫，本来可以轻松地活着，但是它太贪，一路走，遇到喜欢的东西，就一股脑全背到背上。它喜欢的东西太多，于是越背越沉重，终于被累死。为物所累，过于贪心，不肯舍弃，终酿悲剧。

穿衣

比如穿衣服，买了一件心仪的漂亮衣服，穿出去心情格外好，走路也比往日有精神，感觉看哪儿都比平日顺眼，这就是自己的心境。事实上，在别人眼里，你跟平时没二样，还是众多叶子里的一片。

第二辑　落花而生

早起的鸟儿不一定都为捉虫吃

每天七八点赶早班车去上班，日子久了，便看出些名堂。比如这早起的人也分好几类：最早一波一般都是开早餐店的，四五点就起来起锅烧油、上蒸笼，做好各种准备；第二波是菜农和菜贩，他们要赶在露水落下前采下新鲜蔬菜运往市场，等待二级三级商贩批走；第三波应该是环卫工人，他们六七点起来，赶在人们上工前把马路、街区打扫干净，让大家走在整洁干净的路上，心情愉悦地去上班；第四波是学生、上班族，在七八点之间，在规定的时间赶到规定的地方，做规定的事情；第五波大多是赶早市的老头老太太，可是，也有一部分老头老太太为了抢到便宜的鸡蛋和蔬菜，会挤在上学和上班族的行列里，还哆哆嗦嗦地指望年轻人让座，冲进菜场却又矫健如豹子。唉，我发誓，退休后决不跟年轻人抢时间。

不过，无论哪一类，最终去的方向是一致的，只是路上经历的风景、遇到的人和内心的感受不一样。如我，一边感觉自己每日匆匆忙忙、活得无比辛苦，另一边看到那些在寒夜里、寒风里苦行苦做的人，又十分不忍。明明自己一地鸡毛，却看不得别人凄惶的样子。

火车上

火车上，前排一对夫妻，一上车，女的就在小声抱怨什么，男的忙着给她放行李、倒水、脱棉衣什么的。一切安顿好，男的开始好像是劝女的，后面直接开训：你老觉得别人跟你过不去，你有没有想过为什么会这样？出现问题一定是有原因的，干吗不从自己身上先找？

我是非地竖起耳朵，准备听女的咆哮，结果，女的反而嘤嘤哭起来，男的赶紧将她揽进怀里。我去，作为女汉子的我一脸失望地扭过头去。

后排一溜好像刚刚从南方旅行回来的老人，比较兴奋，一会儿说拍照，一会儿说同行谁谁不合群。左后方一位老阿姨一直没说话，以为他们不是一伙的，过了一会儿，好像接通了电话，说的都是孩子接站、晚上吃什么之类的家长里短。收了电话，老阿姨对着同伴感慨，外面再好也没有自己的窝好，还没到家呢，这心情就舒坦了一大半。

心下赞同。一个地方远不远，真的不在路上，而在心里。家在哪里、喜欢的人在哪里、熟悉的味道在哪里，心就永远在哪里。哪怕千山万水，一往之，无惧意。反之，对无半分瓜葛的地方，总感觉很远，若去，从出发那一刻，便是忐忐忑忑、无着无落。

濒死的瞬间，我如此清醒

如果没有记错，这应该是第三次跟死亡擦肩而过，感受与前两次大不同。

正如那句话：你永远不会知道意外和明天哪个先来。

在家闷了一天，日头偏西时，想着就近骑行活动一下。戴了简单的护具，推车出门，骑到公园门口，远远看见小H也推辆车站在那里，像是在等什么人，骑至近前她才大呼，你咋跑回来了？我嘻嘻一笑：早回来了，这不是疫情困住了么。我说你也准备骑车去？她说不是，是在等某领导过来检查，一听检查，我招呼一声赶紧上车，天生怕遇见领导。

往西行，人稀，路也宽敞。调到最大挡位匀速骑着，想着骑哪算哪，累了就回家。

虽然是午后，日头还是很毒，忘了戴护目镜，仰面向西眼睛刺得慌，看到左边岔路，就近一拐，抬头看看，离小Z的郊区小院约三五公里，索性直接到小Z家院子转一圈去吧。

继续骑，看一眼码表，速度21，不觉得累，感觉车座有点低，想着回来时再调一下。脚下速度没减，快骑到铁路口时，发现路口堆了个大土堆，封了？

这条小路原本就较偏僻，利用率不高，可能这两年给废弃了，虽然偶然有人或车辆通过，但是为了安全，交通部门把两边推起高高的土堆，还有铁丝网拦着。

看到这情形，直接拨转了车头，准备绕路回骑。恰在此时，一辆摩托车载着一美女迎面驶来，突突突的从眼前过去。回头张望，看见他们从土堆边上绕过去，不见了影子，一会儿又翻到对面。心想，摩托车能过去，自行车也不是问题吧？

放下车走过去查看。原来，人们又从土堆边踏出一条路，铁丝网也撕开一个大缺口。不是很好走，除了上下坡坡度大，两边深沟也布满砾石杂草，地上车辙不少。

犹豫了一下，还是决定推车过去，过了铁轨，对面的路还是挺好的，再说小Z家院子也比较近。直到此时，也没觉得会有什么意外发生。

因为路面高高低低，加上大大小小的石子，推起来有点费劲。一口气推上了道轨，习惯性地左右张望了一下，没车，又架着车继续往下走，过程中略感气喘，当时还担心脚上的小白鞋别让石头划破了。快下到底部时，突觉胸口闷疼，要炸的感觉，仅几秒钟就忍不住了。赶紧把车丢开，眼睛开始模糊，脑子里第一反应：我可能不行了，如果死在这里，多久才能被人发现？第二反应：要坚持，不能就这样死了。

最后的意识是感觉要大小便，然后就什么都不知道了。

不知道过了多久，许是几秒或者几分钟，慢慢醒来，睁开眼，首先看到的是透蓝的天空和几片云，耳边有呼呼的风。想动，心口还是难受，双臂很麻，腿也没劲儿。又躺了好大一会儿，荒郊野外极其安静，四下里任何一点声音都清清楚楚钻进耳朵里。远处村里偶尔几声鸡鸣，时不时还有一两声小孩的啼哭，

听得真真切切，而我就这样无助地躺在这个沟里，等人发现。

就那样仰面朝天，心里不停问自己，就这样完了么？是不是有点草率了？我不该这么短命吧？

这么想着，无由头就来了信心，尝试着慢慢爬起来，感觉还行，心想，是不是中暑？先爬到对面路边阴凉处歇一会儿再说。

哆哆嗦嗦爬起来去推车，没走几步那种感觉再次袭来，心口剧痛，忙扔下车，用尽最后的力气爬到路边，再次昏迷。后来我想，那时的我一定是脸色苍白，嘴唇发乌。

再醒来时，仍然是蔚蓝的天空、悄无一人的戈壁，转动下眼睛，寻思咋没个人路过？忽然意识到自己的状况必须叫救援，喘了很久，摸出手机给老魏打电话，没说太多，告诉他方位，让他尽快过来。然后静静地望着天，又一次感到生命真的很脆弱，离开这个世界太容易了，一个眨眼可能就再不回来。那一刻，我深切认识到，活着最大，其他都是小事。

听到老魏的车渐渐驶近，我却没力气抬头看一眼，倒是老魏看见满身泥土躺在地上的我，吓得不轻，以为我出了车祸。我说没事，就是突然感觉不舒服。他说直接去医院吧？我说，把我的车装上，先回家。潜意识里，任何问题，只要回到家就好了。

晕晕乎乎回到家，一头倒在沙发上，喝了几口水，感觉好了一点。量血压，104/65，脉搏60，好像都在正常值，只是浑身无力，心里不舒服。老魏说，还是去医院看看有什么问题吧。虽然这十来年经历过几次生死，对发生这些事不是很怕，但是这种情况还真是头一回遇到，想想还是决定去看看到底什么原因。

挣扎着把满是泥土的衣服换了，躺在后座，去挂了急诊。医生给处理了一个外伤，护士让我躺床上测血压、血糖，指标跟家里测的差不多。又做心电图，一会儿医生过来简单询问，又看了心电图，告诉我没什么问题，可能是一瞬间昏厥，这种状况人到中年很容易发生，如果不放心，就住院做一个全面检查。

想着新冠疫情一轮又一轮，人们都在忙防控的事，就决定还是回家静养。临走问医生，感觉心里还是不舒服，需要吃点啥药？医生说，那就吃点丹参片吧。

回到家已经快十一点，吃了药躺下，想着睡一觉就好了。迷糊到两点，怎么也睡不着，折腾到凌晨五点才迷迷糊糊睡去。早晨醒来，仍然无力，又感觉肩内侧酸痛，胸口不适。在群里跟几个老伙计聊了一下情况，都要我多注意。阿呆给了比较专业的建议，按照建议，让老魏买了丹参滴丸、速效救心丸，按说明服下，至下午，各种症状消失。

此时，也就是24小时后的现在，我躺在绵软的大床上，喝着酸奶，敲打键盘，记录着昨天。再次想起那个高深的问题：我是谁？我从哪来，将往哪去？

好吧，不想这些了，合上笔记本之前，告诉自己：什么都不重要，活着为大。

村里有个文化人

早就听说和静县巴润哈尔莫墩镇哈尔乌苏村有个文化人叫万邦礼，义务把那个村的群众文化活动搞得有声有色。

初见万邦礼，面庞黑红，身材高大，有点拘谨，不苟言笑。心想：这么拘谨的汉子，咋发动群众搞文化呢？看体格也不像跳广场舞的呀！

人总是先入为主。后来接触多了，才发现他真是个妙人，诺基亚外壳，华为Mate60内核。

他的主业是在村里开办了一个木材加工厂，副业是书法治印、刻石。好家伙，技术含量不低啊！

和静县有两大镇，巴润哈尔莫敦镇和哈尔莫敦镇，素有全县"米粮仓"之称。两镇刚好位于开都河两岸，巴润哈尔莫敦在右岸，哈尔莫墩在左岸。两镇的名字很相似，哈尔莫墩是蒙古语直译，"哈尔"是黑色或深色，"莫墩"是榆树，可以理解为浓密的榆树。树木苍翠浓密，颜色自然就深。而"巴润"意为右侧，即在开都河右边。搞清这两个镇的方位和含义，再说万邦礼。

不论是本县人还是外地人，沿国道216线经过此地，必先在路边看到一块近百吨重的大石头，上刻遒劲有力的五个大字——哈尔莫敦镇。然后过开都河大桥，约800米后，再次看到同样的一块大石头，上刻"巴润哈尔莫敦镇"七个大字。两块巨石石刻均为红漆描摹，入石三分，大气醒目。这既是两镇的标识牌，又是游人的打卡点，当停车细看时，便有了文化的味道和探究的兴致，而这些都是出自万邦礼一人之手。

如果再往镇子里走，一路上，广场、公园、重要的道路包括一些乡村林荫道边，总能看到"进取""青春""思源""友善"等字样的石刻。

据说，这个镇是全州石刻最多的镇。跟村干部聊天得知，这些石刻林林总总，加起来有70多块，全部是万邦礼利用工作之余义务干出来的。

我忽然明白了他为什么那么黑。长时间在日头下雕刻，咋能不黑呢？得亏他有一副魁梧的好身板，在两三米高的巨石前又写又描又刻，一站就是几天，普通人谁能吃得消啊？

关键是人家还分文不取，这在当下真是少有。至少我身边见过的，都是钱字第一，请人写个招牌匾额啥的，没润笔费都别想。

在微信里问他，咋想着干这些义务活的？他说，咱就是一个农民，2004年懵懵懂懂来到这里，村里镇里热情接纳了咱，就在这里落了脚，跟乡亲们处得也好，没有啥大本事，就发挥一下个人爱好，做一点力所能及的，也算是一种回报吧。

说得平平淡淡，细究下去发现，他何止做了这一点呢？

在他创办的木材加工厂里，常年用着几名各族员工，让人感动的不是厂子办得多红火，而是厂里几个员工因他而改变。

村里有个叫牙合甫·卡什木的村民，从小跟爷爷长大，2012年初，他刚创办木材加工厂，牙合甫·卡什木就跟着他干活。小

伙子为人本分，很聪明，万邦礼就培养他学电工、学机修、学开
铲车，慢慢成了厂里的技术骨干。2013年，他攒钱结婚了。孩
子出生后，体质比较差，隔三岔五生病，有时候半夜三更发烧，
万邦礼就开车送他们去医院，后来孩子身体慢慢好起来，也上小
学了，但是他家的经济状况仍然比较拮据。万邦礼觉得，如果让
牙合甫·卡什木一直在厂里干，拿点儿死工资，不能从根本上解
决问题。夫妻俩在他厂里工作几年了，多少也攒了点钱。考虑再
三，他给牙合甫·卡什木出主意，让他买辆拖拉机帮人犁地，再
在村里承包一些地，自己慢慢干。夫妻俩听了他的话，果然小日
子一天天好起来。现在，他们不但承包了500亩地，还添置了一
台大铲车，日子过的红红火火。逢年过节，一家人总要提上大包
小包来看万邦礼，把万邦礼当作了亲人和挚友。

呼青衙门村村民阿不来提家中兄弟姊妹多，父母年龄大，结
婚后因没地方住，只好借亲戚的房子住。2017年，经朋友介绍，
他来到万邦礼厂里工作。干了几个月，万邦礼得知他的家境后，
直接借给他3万元，让他自己把房子盖起来。这事放在别处没人
信，也没人敢做。这年月借钱难，要债更难，谁的脑子进水了才
随便借给人钱呢。老万这家伙就这么干了，他说，看不得别人过
得太紧张。

如今，阿不来提成了万邦礼的得力助手，厂里大事小活抢着
做。他逢人便说，没有万厂长，哪有我们家现在这样好的生活，
我把这里当成自己家一样，要在这个地方好好干呢。

镇上文化街社区的吐拉汗·牙克甫是个50多岁的维吾尔族妇
女，丈夫出车祸去世，两个女儿早已出嫁，自己住在快倒塌的土
坯房里，没有经济来源。按说，万邦礼的小工厂以男性为主，基

本不用女工，何况还是这么大岁数的人。可这事让他看到了，心里总不落忍，翻来覆去考虑后，主动跑去找吐拉汗，让她来厂里上班，这一干就是10年。现在，吐拉汗不但盖起了新房子，人的精气神也足了，脸上洋溢着幸福的笑容。

出生在书法之乡、楚汉文化积淀深厚的刘邦故里徐州的万邦礼，自幼喜欢书法，深受故乡的文化熏陶。到新疆创业虽然不算太久，但这里的辽阔壮美、人们的朴实豪爽颇对他胃口。他说，不管哪个民族，都是咱中国人，生活在一起，拿心换心，就是一家人。有这心才有了这情，在他眼里，新疆是一个色彩斑斓的花园，只一眼就喜欢上了。

长得五大三粗的老万，很像行伍出身，做事也有点军人的脾性，正直、热忱、可靠，只是不善表达，属于"讷于言而敏于行"的那种人，粗犷的外表下是斯文的内里，有涵养，有期许，更有几分执着的追求。

了解多了会发现，做企业好像是他的副业，搞文化才是他心心念念的事。村里的文化大院建起来后，一直空置着。为啥？没有懂的人来管。老万看在眼里，主动找到镇、村领导说，他想试试，看看能不能把村里文化搞起来。这正是领导们发愁的事，现在瞌睡找到了枕头。

说起来容易，做起来难。虽然他热情高涨地用自己的书画、篆刻把文化中心给美美布置好了，可想吸引天天耙地种田的村民到大院里来读书、唱歌、跳舞，可真不太容易。

没办法，他就先招呼自己的书法朋友来中心创作交流，让村民围观，还时不时去村里小学为孩子们上书法课。慢慢的，孩子们有了兴趣，央求父母带他们到文化中心跟万老师学书法。孩子

们来了，父母也跟着来了。就在不久前，又有一个维吾尔族小朋友死活要爸妈带他来找万老师学习书法。

为了吸引村民到文化大院来，老万一次次自己掏腰包，准备相关用品，在村里搞社火、扭秧歌、搞广场舞比赛，逢年过节，买来纸笔义务给村民写春联。渐渐的，文化大院成了村民心中的精神支柱，有事没事总去文化大院坐一坐，看看字，聊聊天，交流一下种田心得。

一分耕耘，一分收获。文化大院成了镇上县上的示范点，也得到了很多荣誉，并多次在这里召开现场会。现在，村民一提起他，都说，哦，他是我们村的文化人。但万邦礼却不认同，他说，一个人有文化算啥？俺们村都有文化，俺们村的孩子不管汉族、维吾尔族、蒙古族、回族，都能把方块字写得板板正正，说一口流利的普通话，那才叫有文化呢！

秋韵悠长

每天三部曲：做家务、做核酸、做饭。日子虽然单调一点，但是却从容。

不再急急慌慌赶公交，不用担心还有多少材料没搞完，不用考虑月初计划月底评价怎么写、分管的工作能拿第几，更不用在乎谁又不开心谁又不满意了……这已成了别人的事，我是趴在露台扶手上嗑瓜子看风景的那个。

几场霜降后，花花草草即使一万个不情愿，终将面对恼人的秋风。院里虽没种什么名贵植物，但是每一株草、每一朵花，都是在我悉心照料和日日关注中成长起来的。我见证过它们从生到死的全过程，也读懂了它们生命延续的密码。即使秋风袭来，花叶在风中凌乱、飘零，我依然满怀欣喜目送它们渐行渐远。

不知道年轻时哪来那么多矫情，一到秋天就无端地忧伤，为一朵凋谢的花、一片飘落的叶伤感半天，真是少年不识愁滋味，为赋新词强说愁。

而今，虽达不到不以物喜、不以己悲的境界，但是确实可以闻风不动、听雷不惊，只是一遍又一遍把藏在四季里的风霜雪雨、悲欢离合咀嚼、回味。

人生不如意十之八九，抱怨、不满、意气用事于事无补，坦

然面对才是生活的最佳状态。如同这该死的疫情，一年又一年变着花样折磨着人心、人性、人情，不同的人，在不同的环境中，承受着不同的压力和考验，然而即使这样，三年了，日子一天也没落下。

人生每一次挫折和苦难，都是一次成长，疫情让我们真切感受到健康的弥足珍贵，让孩子们懂得钱不是万能的，有钱也点不到外卖，有厨艺才是硬道理，也让我们这些曾经以为单位离不了、工作离不开、重要又无敌的家伙们，真的停了下来才发现，天也没塌，日子如常。事实证明，很多时候只是你以为重要，却不是别人需要，地球离了谁都照转。

人一旦面对现实，便放弃了不切实际的幻想，最初的惶恐、担忧、焦虑逐渐转化成踏踏实实活在当下的信心和行动。面对疫情，所有人都是一样的经历，一样的煎熬，在最终结果没有到来前，活下去、坚强地活下去才是正道。

多年前扔在犄角旮旯的干豆角、辣皮子、茄干、木耳、粉条均派上了大用场，如果没有这场大疫，这些东西可能最终难逃被丢弃的命运，惜物就是惜福也在此时感悟。

出不了门、上不了工很难过，可一生中坐在家中吃吃喝喝几个月，没人催促、没人批评、没人盯考勤的日子有几回？安心整理书稿、笔记，理一理思路，把积攒多年的旧衣被褥拆洗修改，发挥新作用，忙忙碌碌便到了秋天。回头看，三年了，日子过得紧实又细致，不再有的没的天天网购，吃饭不再吃一半倒一半，穿衣不再嫌这件过时那件不搭，念念不忘要换的冰箱、电视又用了三年，一点不违和。

没有什么时候像现在，有这么充裕的时间体味秋天、观察秋天，感觉哪里都充满着希望。种子悄悄躲进泥土，等待下一个生发季，牛羊鸡鸭不动声色地在毛下生出厚厚的绒，应付冬季的严寒。

没有哪一年如今年，在遥远的西部，在戈壁上一座门可罗雀的泥巴小院里，晒太阳、做手工、侍弄花草，在砾石遍地的小路上静静徜徉，迎着风去追赶一只折翅的小雀，在哗哗作响的杨树林里，看阳光在林间移动，直射、斜照，落叶在其间旋转、飞舞，青绿、微黄、金黄，夕阳西下，晚霞里，色彩如油画般优美灵动，没有哪一年的秋天如今年这般绚丽多姿！

今年，秋天于我，如此美妙，秋韵悠长。

第三辑

纸短情长

门，一直开着

今夜，人都入睡，我悄悄拉开门，走到客厅，半靠在沙发上，然后，定定地看着门，盼望你会悄然进来，走到我面前，摸摸我的脸，拽拽我的衣说，妮，咋不睡？于是，我就安然在你怀中睡去。

我就这样一直等，一直等，等了二十年。妈，你是不是有点狠心？二十年，你让一个女孩等成了一个女人，可你还不回来！

二十年前你溘然离去，我没法相信，在慌张无措中，只能连夜往家奔，一个人在黑夜里狂奔，边奔边呼号：妈呀……妈啊……妈妈……夜幕被我歇斯底里的哭喊撕破，荒野被我无比悲伤的恸哭吵醒，我沿着呼芳公路跑，沿着二道沟沿跑，在红柳丛中跑，跑进一大片墓地，我愤怒地对那些坟墓大喊：起来，都起来，跟我一起跑，干吗都睡在这里？一个坟头绊倒了我，我就软在上头一声声抽泣……黎明的寒露催醒了我，我看到四野是青青的草，即使最难看的骆驼刺也是碧绿的。碧绿是什么，是蓬蓬勃勃的生命啊！扯起一把草，我又哭了，跌跌撞撞哭着继续向前跑，我要撵上你的脚步！

我盼望一进院子就看到一绳晾晒的衣服，一地悠闲啄食的小鸡；看到你在灶台上给我做香喷喷的手擀面；看到你把针在头上优雅地篦一下，在灯下飞针走线给我做新衣；看到我们在戈壁沙漠腹地的家，虽然低矮、寒酸，可里面总是干净、温暖，炕上的破席和旧绒毯即使补丁连补丁，却总是平平整整，从没扎着、硌着我们的小屁股，什么时候睡在上面都想多赖几分钟，要等你温暖的手在我背上胡噜一把，说："妮，快起来吧，妈给你藏着两个甜窝窝头，在笼屉底下呢。"我才满怀甜蜜地爬起来。

我揣了一肚子期望撞进家，妈、妈、妈……我的眼在迅速搜寻，嘴在不停呼喊，你在哪儿呢？是不是在忙，顾不上理我？我跑进羊圈，没有你；跑到猪圈，也没有；跑到屋后菜地的豆角架下，还是不见你的踪影，我跌坐在地上，抓起泥土绝望地哭着，弟弟过来拉我的衣襟，我看他的裤子开了衩，鞋子露着大拇指，又发现家里的母鸡瘦了，锅灶上是一摞油污的碗，地上是鸡鸭粪便破鞋烂袜，我明白了，是我们把家搞乱了，妈才离开我们。我挽起袖子，像妈一样头上蒙个帕子，扫地洗碗，抹桌做饭，拿起针线给弟弟补裤裆，竭力照妈的样子回忆着、做着，期望自己把一切做好了，有一天妈回来看到会满意。

大年三十，我慌慌地背着大包小包赶回来，照妈的样子做一大桌好吃的，照妈的样子给弟弟们一人一元压岁钱，把买回来不及做的布在他们身上比画着，告诉他们，三天后让你们全穿上新衣。等大家都睡了，一个人在灯下可劲地包饺子，要乘着除夕夜的寒冷多冻些饺子，让爸爸和弟弟们在正月里多吃几顿。

爸爸说年三十门要关好，门缝插把刀，防止叫"年"的怪物到家来，可我怕妈妈突然回来，那个刀会划着妈妈的手，乘爸爸在里屋抽闷烟，偷偷又把刀拿下来。我捏呀捏呀，一边捏饺子，一边眼巴巴望着门，幻想妈妈突然就推门进来了。

清晨的爆竹把我从疲惫中唤起，我喜笑颜开地煮饺子、烧糖茶，等弟弟们出去拜年，父亲无精打采地吸着烟看着电视，我便翻出弟弟和父亲已经破得不能穿的衣服，一片片拆开，比量在布料上一剪剪裁开，这些都是妈妈曾经亲手裁剪缝制的，每一个针脚里都有妈妈的温度，用它们做模板就像妈在身边指导一样，到此时才后悔，有妈时咋那么不听话，每回让我看看衣服是怎么做出来的，我总是捧着书就跑。

正月初五，新衣服整整齐齐穿在了弟弟和父亲身上，虽然如此，我知道我做得不够好，妈总是在年前就早早给我们备下新衣服，年三十我们就会迫不及待地穿上。妈是个追求完美的人，我没能照妈的样子做好，所以妈不回来，我在心里暗暗发誓：下回一定让妈满意。

我把一个月的工资108元全部买了礼物，乐颠颠跑到未来嫂子家，对叔叔婶子说：我妈不在了，爸爸是个农民，弟弟们小，只有我来，你们别生气。我哥一级棒，人帅学问高、知书达礼，工作出色，他是我们全家的骄傲，嫂子的眼光真好！

没人教我，我觉得这都是我应该做的，妈离开时哥在上大学，她还不曾看到儿子出人头地的模样，不知道未来的儿媳啥样，我要快快把嫂子迎进家，给妈一个惊喜。

妈，你一直不回来，嫂子进家，弟媳进家，弟弟们进城，后来，哥哥走了，老土房塌了，父亲老了，我等不到你回来，一步一回头也离开了那块曾让我刻骨铭心的黄土地。老房没拆，我在家里给你留了纸条。

好多年呀，好多事呀，有让你满意的，也有让你不满意的，可不管怎样你总该回来对我说一声啊？哪怕是回来痛打我一顿也好啊！

妈，我等了你五年，你不回来，我放弃了学业，放弃梦想，回家等你。我想告诉你，我再不闹着要上学，再不跟你顶嘴，再不说你把我生在这样一个鬼都不来的地方。原来你一个承担的事，现在我也会做了，我可以为你分担一切，你咋还不回来啊！

妈，我等了你十年，你不回来，我有点累了，我把自己嫁了，嫁衣是我自己做的，嫁被是我自己缝的，我回忆你给姐姐准备嫁妆的情景，也给自己的被里装上枣儿、花生，给自己买双红袜子，那天晚上我一夜没睡，门一直开着，我定定地看着门，好盼呀，盼你会突然回来摸摸我的脸，告诉我女儿出嫁的礼数，盼你也能像送姐姐出嫁一样，给我做一件红碎花、缎子面小棉袄，缎面我早就悄悄备下了，就在箱子底下压着呢，我一直等，一直等，等到迎娶的新车来也没见到你的踪影。

妈，我等了你十五年，你不回来，我做了母亲，我不知道肚子里小生命是什么样子，我每天担心他会不会少一个指头，会不会是个兔唇，会不会长得比我还难看，生孩子时我会不会死掉，所有的疑问我都想问问你。

女儿生出来是那么小，五斤。抱着她，我生出一个奇怪的感觉，她便是我，我便是你。

给她洗澡时，我感觉是你在给我洗澡；给她喂奶时，我清晰地感到我在吸吮你的乳汁。夜深人静时，我大敞了门，对着空洞洞的黑夜说：妈，你不来看看我的女儿吗？我还不会给她做你做的那种软底鞋，我的腰痛得不得了，孩子总是哭，我该怎么办？

妈，我等了你二十年，你不回来，我绝望到头痛欲裂，不省人事，当我醒来时，人们说我已经昏迷了七天七夜，昏迷中我唯

一呼唤的就是你——妈妈。

是的，我什么都不记得，唯独记得你。我不记得一个农村小姑娘独自到乌鲁木齐大城市工作时遭遇嘲讽和捉弄；不记得来到天山南面那个陌生的地方谋生时，寄人篱下的日子；不记得日子窘迫得连包卫生巾也买不起的生活；不记得女人混迹于仕途后的尴尬与屈辱，只记得你。

二十年了，我以为我早就把你忘了，可是，那天深夜，疼痛又一次袭来，蒙眬中我急切地大喊了一声妈，喊声把自己惊醒，我忽然发现自己已经二十年不曾开口叫过妈，这是多么亲切、多么好叫的一个字：妈！可我却那么久那么久不曾享有，那么久那么久不曾使用。

二十年了，因为你不回来，我的心一直在四处流浪，我不知道把心放在哪儿才能安生。心是要有底座才能放稳，我的底座被你带走了，你不回来，你让我把心往哪儿放呢？

二十年了，从你走的那一天，我就想写一点与你有关的文字，在日记、在札记、在工作手册……只要能写字的地方我都写过，可是每次只开个头就不知道再说什么。

阴历七月七，人家说这是中国的情人节，我不这样认为，这个日子我一辈子也忘不掉，你就是在这一天弃我而去的。

一周前我就想起了这个日子，我每天晚上大敞了门等你回来，我对着空洞洞的门讲着二十年来你不知道的所有事，等到晨光熹微仍不见你来，我就趴到电脑前，扯条毛巾边打字边流泪，然后擦净脸，化好妆，装作高高兴兴去上班。我用了三个早晨断断续续写下这些字，今晚我依然把门开着，我把这些字一行一行撕下来烧在家门口，我怕等你等乏了睡着了，你回来若不忍心唤醒我，就看看这些字吧。

门，一直开着。

父亲

直到弟弟突然离开，我才发现父亲真的老了。也是从这一刻起，我与父亲的恩怨彻底解开。

一

面对弟弟安静地躺在棺椁中，我不能相信这是真的，一次次扑向他，我一定要亲手摸一摸，确认他是睡着了，而不是与我阴阳相隔。我最担心是那些庸医，还有周围这群笨蛋没细心查看，可能弟弟只是太累，深度昏睡过去。我听说过人有死而复生的，也有安葬又活转回来的，在弟弟醒之前，我一定要阻止这些愚蠢的家伙们的愚蠢行为。

我的肩背、我的手脚被死死扯住，这些愚蠢的家伙认为我傻了、疯了，需要打镇静针才能阻止我继续疯狂。

我在这里昏天黑地悲恸时，父亲早我一天已回到乡下那间小土屋。

弟弟的后事处理完，我也进了医院，二姐来看我时，没好气地说："弟弟没了你以为就你伤心？最伤心的是爸爸，你太过分了，爸爸七十七岁失去儿子，你不安慰也算了，连句话也不跟他说，我看你这么多年书是白念了。不要忘了，小儿小女是他心头肉，他心里最喜欢的还是你，在人前最喜欢提起你，没事你好好想想吧。这些天爸一个人在家，不说话也不出门，已经好多天没吃饭，你自己看着办吧。"

我蓦然觉得父亲不是被小弟离去打倒的，而是被我狭隘的仇视打倒了。

接到姐的电话时，我正在单位与人闲话，姐说："你快点回来吧，小刚在医院抢救。"我问什么病，姐说："还不清楚，你先来再说。"

一种不祥的预感袭上来，我拎了包就去车站，正好有夜班车，买好票，在车站给先生打电话，安排了孩子，便坐车走了。一路上给家里每个人打电话，奇怪的是，不是无法接通就是无人接听，要么就是关机，心怎么也安定不下，一直看窗外，好长好长的天山呀，怎么要用整整一个晚上才能穿越你？

凌晨六点，赶到弟弟的家时，朦胧中看到门口有一个花圈，我两腿一软，回头问外甥女："是这儿吗？不对吧？"

城里的小区高楼林立，长一个样，我怕走错。孩子不敢看我的眼，只是点头流泪。六点，人们都在安睡，我的弟弟呢，他在哪儿？我连滚带爬上楼，迎接我的不再是弟弟顽皮的笑脸和向我滔滔不绝夸小侄子时的得意劲儿，而是一张直愣愣盯着我的遗像，我不承认这是真的，满屋找弟弟，泪水滂沱地责怪所有人，为什么不早告诉我，为什么？我哭着，闹着，父亲闷头坐在屋角吸烟，我没打算理他，甚至还在恨他，也就在那一刻，父亲悄然离开，姐撵出去也拉不住他，他没法看我这样歇斯底里，没法看自己的亲生儿子生生离去，他像一条疲乏、衰老、忧伤的老狗，回到自己的窝，默默地舔着伤口。

　　液体一滴一滴往下流，我的泪也在一滴一滴往枕头里渗，不知道为什么，只是觉得这世界上，我的亲人在一天天老去，一个个死去，总有一天我也会死去。死亡对我从陌生到熟悉，从熟悉到分分秒秒靠近，我甚至有时都能闻到死亡的气息，明天，明天还有谁会离开？想到这些，我突然恐惧起来。

　　感觉累极了，十五年，对女人来说是金子样的时光，可十五年都做了些什么，竟是一片茫然，茫然中唯一想起的是从没探过亲、休过假。查了一下文件，我可以享受四十多天的探亲假，这是多么奢侈的事，这样的奢侈早就属于我，我却视若无物，或者根本就不想用。

　　这一次，我主动写探亲报告，主动向领导陈述理由，一切安排妥当，我对先生说："你认真享受一次跟女儿单独相处的时光吧，我去与父亲住一些时日，他的日子越来越少，以后就是想跟他们小住，不见得老天给。"

　　再次穿越天山，再次向着遥远的、亘古未变的古尔班通古特沙漠靠近，从早晨走到夜晚，近了，近了，离家还有三十公里，没有了公交，已经晚上十点多，本来可以在县里住一晚，第二天回去，但是说好晚上到家，不能让父亲等，只好租车往回赶。

　　紧赶慢赶，到家还是夜里十一点多了。院门关着，从门缝望去，屋内灯亮着，刚拍两下，父亲已出来，嘴里还说："这么晚还跑（回来），不行明天回来也一样。"

　　我问："爸你还没睡呀？"父亲说："哪里睡得着，我睡里面怕你回来敲门听不到，就一直坐在外面看电视。"

　　我心一漾，电视根本没信号，只有模糊的声音，父亲哪里是在看电视，分明是在盼我这个倔脾气的孩子归来呢。

爸问我吃饭没，下午给我焖了一只鸡，还有馍，要吃给我上锅热热，灶膛火压着呢。

我的心又一漾，父亲铁定在等我，怕我饿着，早就做好迎接我这个对他一直耿耿于怀的死丫头回来。这么晚了，父亲在等我，像孩子一样讨好地看着我。

那是怎样的一种眼神啊，以完全妥协和怜爱等待着，等待着我这个不孝之女的抱怨、质问、哭泣。

二

父亲一个人住乡下自然有他的道理，更多的是因为母亲和大哥永远留在那片泥土里，父亲是要日日守望着他们，如今小弟又去了，父亲更是无法远离那片土地。无奈，三年前老屋倒了，我力主在镇上买了一处小房，让父亲搬了过来，这事父亲是极不情愿的，他只为迎合我才迁了出来，这事，是后来姐告诉我的。

父亲在家向来是至高无上的，吃饭必然吃一碗盛一碗，恭恭敬敬端给他，他不上桌，没人敢先动第一筷子。每晚，母亲都把洗脸洗脚水端到炕前，把换洗的衣服放到枕边，记忆中，父亲在家的任务就是吃饭、睡觉，对我们瞪眼睛，或者抡起他那大巴掌，一掌把人揟倒在地，还不知发生了什么。

父亲在村里有个绰号叫"潘黑塔"，一米八五的个儿，说话瓮声瓮气，脾气暴躁。最主要的是父亲是村里一个有名望的匠人，首先是个上等的木匠，看什么就能做什么，那时家家的箱笼厨柜都请父亲打，小时候记忆最深的是父亲帮村里老人做寿房（棺材），又厚又严，深得老人们好评。其次是个锻造好手，锻

刀打镰样样能来，修修补补锅碗瓢盆对父亲是小菜一碟，更奇怪的是，那时最珍贵的自行车、缝纫机、手表坏了父亲也能捣鼓好，这样的人在村里自然不用说，是人人求着、敬着的。在家里，那更是无人敢在他面前出大声，原因不光是父亲是家主，是主要挣工分的，还因为父亲能为我们带来让别人家羡慕的好日子。

父亲是个超级好猎手，粮食紧张的日子里，别人家吃高粱籽、玉米糊糊，父亲深入沙漠腹地，用自制的套子、铁夹捕来野鸭、野羊、野兔、野马鹿，还有狼，一炖一大锅，把一家人的嘴巴吃得油光泛亮，让村里的人们羡慕得流哈喇子。

三

记忆里，十八岁之前我与父亲从不说话，父亲不理我，我也不理父亲，我在父亲眼中是个局外人，是个三棍子打不出个屁的木讷丫头。

父亲因为盼男孩而对我生厌。儿子们迟迟不来，好不容易盼得两个儿子，又因搞运动及母亲生病，送人一个，这让父亲伤心透顶。

母亲身体渐好，运动也稍有平息，父亲又满怀希望盼母亲再为他生几个儿子，等了很久，等来的却是我这个小黄毛丫头，最让父亲受不了的是我一出生就哭，哭得没完没了，这让父亲更厌烦我。更糟糕的是，我出生后，我的弟弟们像在妈妈肚子里排好了队，几年时间，呼啦啦跑来四个，父亲高兴得合不拢嘴，哪里还有我的位置。这还不是让父亲最生气的，最让他不能接受的是，我在很小的时候就善于看人脸色，能读懂父亲不待见我的眼神，父亲不愿理我，我也以不说话、不叫爸爸来对抗，对抗的结果是，常常无缘无故被父亲的大巴掌搧得小脑瓜嗡嗡作响，再疼我都不哭，还用敌视的目光紧紧盯着父亲，这又常常使人前人后都至尊无上的父亲怒不可遏。我们的仇怨就这样一天天积攒下来，而高潮却比预想来得早。

父亲断然决定停止供我读高中考大学，回家种地。母亲和老师们苦苦哀求无果，我沉默着，仇恨着，不理任何人，不声不响去了远方一亲戚家，以给她家做家务来换取学习寄居，如此，我还不善罢甘休，又给电台写稿，一五一十说出父亲重男轻女不许我读书的种种罪状，虽然已进入20世纪80年代中期，但我们那里的人还没有进步到能容忍"以下犯上"的做派，更没指望有"希望工程、圆梦行动"之类的义举，一个十三四岁的小丫头用一条道走到黑的倔劲，把自己求学的事件闹得沸沸扬扬，收音机里一播听众来信《我要上学》，虽然没署真名，但是全村的人都知道是老潘家的小丫头。

我自作聪明地以为用个笔名"枯苗"，别人就不知道是我写的，可叙述的种种罪状，村里人一听就明白是老潘家的事，父亲更是暴跳如雷，恨不能一掌劈碎了我，好在我在五十公里外的地方，他的掌没那么长。

所有的火都撒向母亲，可怜我的母亲，那些日子，因为我，母亲与父亲失了和。家中闹得鸡犬不宁时，我正在别人的家中认真且卖力地打猪草、洗衣服、挑水、做饭，然后在夜深人静时捧起心爱的书本。

自此，我没了回家的路，我知道，遥远的家，有一双愤怒的

眼睛看见我就会喷火，还有母亲愁苦且挂牵的面容，我唯一的信念就是放弃读高中考大学的梦想，快快读完中学，考取中专，快快工作。

四

我终于如愿以偿，消息传到村里，人们都到家去祝贺，母亲露出了舒心的笑，父亲却不屑地说："中专能专出个甚子（什么），我一个字不识样样会，她个细几几（方言：极小的东西），肩不担担，手不提篮，读个专又能做么？"言外之意，父亲是极看不起我这个弱不禁风的小丫头。

所有人都以为我永远不会再回那个家，所有人都以为幸福的生活正在向我招手。

然而，生活处处充满了变数，当你无法逃避时，唯一的出路就是面对。

正当我兴高采烈地在校园惬意地开始新生活时，传来母亲病危住院的消息，我扔了书本就往医院跑，病榻上母亲骨瘦如柴，面容憔悴，一住就是三个月，母亲怕耽误我学业，一再催我回校，可我哪里能离开？父亲自然不是照顾人的主，弟弟们那么小，姐姐们远嫁，母亲才四十八岁，却像六十岁的模样，是我们把母亲榨干了，是生活把母亲压垮了，是父亲忘记了母亲还是一个女人和妻子。

我知道，在所有的孩子里，母亲始终把我放在她心窝窝最暖和的位置，她一次又一次断言："你们不要看小妮成天不说话，说不定以后你们谁也不如她。"

家就是母亲，母亲就是家，我不敢想象，没有母亲的家会是什么样，我不能让母亲一个人孤单单躺在医院。我告诉母亲，学习耽误不了，女儿脑子好，陪着母亲一样读书考试。病情稍稳定，母亲执意要出院，她放心不下家，她怕误我学习，她怕花钱拉了账，日子不好过，她什么都怕，唯独没怕自己有一天会离开我们，让我们疼痛、思念、后悔、内疚。

　　我们都以为母亲没事了，日子从此回到原来的轨迹，然而，仅仅一个月，母亲的病再次发作，这一次，母亲知道什么都晚了。

　　夜深人静，我趴在母亲床边，母亲摸着我的头发说："妮，床下的包里有一件格子呢西装，是我悄悄给你买的，明天穿上，很好看的。还有，你别记恨你爸了，咋说他是你爸，他心里是疼你的，你的脾气跟他多像啊。还有你的弟弟们，看样子读书都不如你，以后你这个做姐姐的少不了给他们操心。"

　　少不更事，困倦的我只顾应着，哪里知道这是母亲给我最后的嘱托。没有等到天亮，母亲便随着黑夜一起走了，我如同一个没有灵魂的躯壳，直愣愣看着母亲的身体一点点凉去，没有眼泪、没有知觉、没有思维，就这样一直看着母亲，护士捧着我的脸叫了几遍："小姑娘，你家里人呢？小姑娘，别伤心，快通知你家里人去吧。"

　　我茫然地走出来，走向大街，走向荒原，走向戈壁深处的那个家。

　　这一次，我与父亲依然没有讲话，我们都面对母亲悲泣着。悲泣过后，父亲比以往沉默了许多，言语中硬的东西也越来越少，而我回家的次数明显多了起来，话语也多了起来，主要是以

姐姐的身份教训弟弟们，与父亲直接的言语依然不多，甚至不曾主动叫过一声爸。

直到秋天来临，当我把父亲和弟弟所有衣服洗净缝补整齐，蒸了足够他们吃一周的馍，看着一夜间苍老了很多的父亲，我低低地说了一声："爸，我走了，有空我就回来。"

我看见父亲劈柴的手抖了一下，斧子落在地上他没捡，眼睛看着地面说："我看天山上落雪了，衣服穿厚点。"

我突然转身快步离去，泪流不止。十八年了，父亲第一次这样对我说话，这一句化开了我与父亲心中凝结了十几年的冰。

五

回家的日子越来越少，离家的路越来越长，直到为人妻为人母，跟父亲仍是一种礼尚往来，回家有事说事，没事就忙家务，从不多说一句。常听村里人说，弟弟们不好好学习，不好好做事时，父亲管不了他们，就对他们说："你们等着，你细姐姐（小姐姐）回来有你们受的。"

而我每次回去，弟弟们忙不迭地收拾屋子，父亲便骑上他那辆吱嘎作响的自行车赶几十里路，买些肉食回来让我回味从前的味道。

每次我都要阻挡：爸，不要去了，现在都是国家保护的动物，打了要判刑的。父亲自信地说，我去的地方他们想找也找不到，没事。

他怕我在家还没尝到他准备的食物又要走，根本没工夫给我历数弟弟们的罪状。

1995年初冬，我胃大出血回乌鲁木齐住院，不知谁嘴长传到父亲耳朵里，早晨医生正在查房，父亲突然出现在门口，我吓了一跳，忙让父亲进来，父亲衣衫褴褛，腰间扎根麻绳，微驼着背，不住地打量着我，又用浓重的方言问医生，严重不？医生说已经控制住了，要好好调养。父亲这才坐下来。

　　我笑着安慰父亲："没大事，吃得太好，把胃撑坏了。"父亲不满意地哼了一声说："你算了吧，要吃得好就不会生这个病，你看看你的脸，还没有巴掌大，眼睛眍得吓人。"

　　父亲是在责备我没照顾好自己，瘦得不成形。可他又哪里照顾好自己了？看他身上衣裳单薄破旧，我让先生带父亲出去买套新冬衣，父亲立马站起来说："不要不要，家里有，你们前年买的新棉衣还没穿，昨天晚上听说你住院，早晨六点就起来赶车子，没来得及换。"更多的因素还是怕我花钱。

　　出院后不久，父亲专门派大弟给我送来一只狼腿，说是治胃病好，还嘱咐大弟告诉我，这是公家除狼害让打的。他说："你细姐姐是干部，思想好，要说清楚，不要让她不放心。"

　　为父亲这句话，我认真把那只狼腿给吃了，还流了鼻血，但是，自那以后胃病很少再犯过，我把这事告诉父亲时，父亲一脸骄傲。

　　与父亲再次发生分歧是因二弟。二弟秉性好高骛远，大事做不来，小事不愿做，总想一夜暴富。这与我踏踏实实做人、勤勤恳恳做事相去甚远，前年终因他染上恶习，为他拉饥荒支起的摊也不好好经营，只好请他走人，我想，已是三十多岁的人，姐姐没有义务做保姆了。

　　然而，父亲认为他的儿子是不会有错的，无论对错，我不该

把他的儿子扫地出门。加之二弟回去历数我如何盘剥他的劳动力，如何不给他钱花，使父亲再次对我生出气恼，甚至打算不再理我。他哪里知道他的儿子在姐姐的屋里怎样吃大户，怎样一月七八百话费、三天两天要洗脚桑拿？而我连桑拿是个什么阵势都不曾见过。还有，为了让二弟回去谋个好生路，我举债三万给他，他对此只字不提，父亲只相信他儿子，认为他女儿是黄世仁。

当我得知父亲为他儿子的事抱怨我心狠时，我再次负气地说："说来说去还是儿子好，我这个女儿把心掏出来让他们下酒也没用，算了，全当没我这个女儿。"

此结一结就是两年，我们不曾通过任何音讯，直到小弟弟突然离世，在一片悲痛的场合，看到父亲，我依然是一副怨恨模样。

六

因为原本在家就有点感冒，坐一天车，身上不适，我说想睡了。父亲赶忙从柜里拿出被套说："这是干净的，大床也收拾好了，你快去睡吧。"

父亲一辈子是靠人伺候的，是个外勤内懒的人，母亲走后，他的生活基本是瞎凑合，更不懂得伺候人，可为了等我回来，他却如此用心洗了床单被套，我想象不出一个七十多岁的老人，如何在家忙碌洗涮，望眼欲穿，无怨无悔等待孩子回来，望着父亲佝偻的身躯，我的泪止不住往下流。

许是太累，许是吃药的原因，一觉睡到天亮，赶紧起来到外屋一看，父亲一个人静静坐在沙发上，看我起来，父亲说："洗脸吧，饭我都做好了。"我说："我咋没听到声音，睡太死了。"

父亲说："你跑那么多路，肯定累，我开门轻，你哪里听得到。"

父亲已在脸盆里倒好了热水，我把脸深深埋进水里，泪水又在脸盆里弥散开来，七十七岁的父亲啊，连娘也不曾享过他如此的细心照料，小时候听娘说得最多的就是父亲在家像尊佛，油瓶倒了都不扶。可现在却对我如此鞍前马后照应，我这个不孝之女、自私之女有何资格让年迈的父亲如此伺候？又捧起水和着自己的泪搓脸，搓着一脸的无知和愧疚。

跟父亲一同吃早餐，阳光斜斜照进来，猛然发现，父亲不仅满口牙没了，一头浓密的黑发也不见了，甚至连华发也没有了，我惊慌地问："爸，你头发咋没有了？"父亲边吃饭边跟没事人一样说："谁知道，前几年脱了些，这几天突然就掉光了。"我说："你不会是因为小弟弟的事太伤心吧？已经这样了，这是他的命，你不能太难过的，你要有个三长两短，我就没法活了，你在，我还多回来几次，你不在了，你说我回来奔谁去？"

父亲听我这样说，反倒安慰我："你放心，我没事。你在外面闯不容易，身体又不好，不要太要强，把娃娃带好，把自己照顾好就行了。我活一天赚一天，自己也有工资，你就不用担心了。"

吃了饭，我打算把屋子收拾一下，给父亲把衣服被褥洗洗，父亲连忙阻止，不要我做，说大姐退休没事，每个星期都回来洗的，我回家就好好休息休息。拗不过父亲，只好罢手。

看看小院杂草丛生，我让父亲拿个小凳坐到院里，我边拔草

边跟父亲闲聊，父亲显得很开心，给我讲原来我们生活的那个村里的事，谁家搬了，谁娶媳妇了，谁常来看他，他还帮谁做过几张凳子。

过去的几十年，那些熟悉的、远去的面孔在父亲的叙说中，又清晰起来，我们说着村里人家曾经发生的可乐的事，谈论着他们如今的日子，末了，总感叹日子过得太快，好多事我们还没来得及回味就成了昨天。

我问父亲想过老家没有，父亲说："想能怎么样啊？你娘你哥你弟都埋在这里，我走得太远，他们会找不到我的。"

我说："爸，你说人有灵魂吗？他们知道我们在想他们吗？"父亲说："当然知道。他们活着怎么样，走了一定是那样，他们还是在用活着的方式看着我们。"

说到这些，父亲神情忽然黯然，他叹口气说："我近来常常梦见他们，看来他们也想我了。"

我劝慰说："没事，我们都好好地活，让他们放心。过两年好一点，我再陪你回老家祭祖，访访你的老朋友，我们坐飞机回去。"

父亲说："谁知道过两年是个啥样子呢，这腿一天比一天痛，骑车子也不利索了。"

我抬头看看院当间放的那辆破旧的老28大杠自行车，这辆载了我们家几十年的车子，已经锈迹斑斑，像父亲一样衰老残破。

我提议上街转转，父亲说行。走出家门，发现父亲腿瘸得厉害，行动很不方便，背更驼了，曾经高大威猛的父亲，走起来几乎与我一般高。

出门时我已做好打算，给父亲买一辆老人用的电动车，小弟在世时，曾经向我提过这事，说父亲老了，骑车不方便，打算攒钱买辆电动车，还想经常回村里看看。

在街上，我故意到电动车门市转悠，跟父亲讨论各种车的性能，记下父亲相中的。下午我又一个人去直接把那辆车骑了回来。一进门，父亲先是吃了一惊，转而怪我："花这个钱干啥，我现在又没多少事，不出门，快退给人家去，我不要。"

我知道父亲的心思，笑嘻嘻地说："你就当玩具吧，这是我的稿费钱，额外的收入，我随便写点东西都能换钱。"

其实我在吹牛，我哪来那么大本事，但是，我吹这牛父亲是信的。因为他早听人说他的小丫头写一手好文章，有人还告诉他，在报纸上看到他的小丫头写的文章了，这对一个字不认得的父亲是莫大的荣耀，他对此当然深信不疑。

本打算在家多住几天，但是晚上睡到半夜突然感觉浑身骨头痛，我知道自己的毛病，这是低烧又开始了，心里有点急，在这个小镇倒下，不光是医疗条件差，还有父亲，万一知道我的病症，不是又让他多了一份担忧？

想来想去，天一亮就给大弟打电话让他来送我回去，并对父亲谎称单位来电话，有急事要回去处理。

父亲以为女儿是个多么了不起的角儿，当然欣然同意我快快回去。

父亲一直把我送到大路上，看着我转过弯消失在他视线里才转身回去。走到昌吉，我已浑身无力，立刻到医院输液，稍好点便往回赶，并自嘲：死也要死到自己的家里。其实是死不了的，只是非常难受。

回家没几天，突然收到汇款单，一看是父亲寄来的，打电话

回去问，大弟说："爸怕你花钱，知道你身体不好，借了钱给你寄的，我说他不听。"

爸不会写字，请人写的，只填了钱数，没有说明。

情牵山那边

天山，东西绵延两千五百多公里，南北宽达二三百公里，横亘于新疆中部，成为塔里木、准噶尔两大盆地的分界，同时也把新疆分割成南疆与北疆。干沟，据说古时为天山南北间唯一通道，也是今天通往南北疆的必经之路。它全长220公里，没水没草，荒山连连。在干沟中穿行，是一件苦差事，由于长年无雨，故而尘土飞扬。有些路段一边是山一边是崖，很是险峻，山顶偶尔会有碎石滚下砸毁行车，这是过去的事了。斗转星移，如今应该是天堑变通途，高速公路已全线贯通，运行时间从十几小时缩短到几小时。春天回乌鲁木齐，一路走来，十年前的经历历历在目，在车上随手记下一些心情和回忆。

——题记

因了三山夹两盆的特殊，因了地域混血儿的禀性，命中注定要去流浪。横跨千里，从准噶尔盆地踏进塔里木盆地，于是，中间这座高高的天山就成了心中永远的障碍，永远的见证。

这快乐的山脉，沉默的山脉，暴躁的山脉，宽厚的山脉，无论黎明黄昏，无论白天黑夜，从不为世人喜怒哀乐动容。

七月流火呵，干沟名副其实。不论出自豪门望族还是来自民

间布衣，只要驶进这大坡连小坡、大弯套小弯、搓板接搓板的干沟腹地，再气派的车在呼啸的土浪追逐下，转瞬便化作一只土头土脸的小灰鼠。

风蚀的大山毫无羞怯地裸露着褐色身躯，像一群混沌的醉汉，列队俯视着尘土飞扬中亡命奔跑的大小灰鼠，高兴了，用巨手弹一粒石屑，不知哪只小鼠转眼就粉身碎骨；喘口气吹声哨，一排飞奔的灰鼠就会眼迷心跳，跌跌撞撞没了准星。

一站就是二百多公里的莽汉们啊，别太孩子气，先闭一闭你们目空一切的大眼，让那辆小灰鼠平安通过，让那个三天未合眼的嫁娘红肿的双眼略合一合吧。就为那一句，极普通的一句：嫁给我，让我来陪你走完全程。真的割舍下那间老屋，那片沙枣林，那枣花下高挽裤脚陪她高吼低吟、一起闻香的伙伴；果真甩下没有血缘却已连着筋骨的亲人。

又停电，总是停电，唉，那就让它停吧，暗一点好，黑暗可以暂时淹没疯长的浮躁。摇曳的烛光下一针一线缝嫁被，眼睛兀自地有泪从里往外涌，一如那烛泪，一点点化开，一缕缕淌下，洇湿了将要披上的嫁衣，洇湿了没人给添枣儿、花生的被，洇湿了那个没有祝福和送别的夜。

要走了，这就要走了，走过前面那座有托木尔峰、汗腾格里峰、博格达峰的山，就不再是这里的人。

呃呃，这就走吧，这就走吧，走了就把这扇门关了，锁了，让锁锈蚀，让沙掩埋，让这里还原成蛮荒。

把自己嫁走的新娘，第一次踏进天山腹地，走进干沟，一颠簸竟十几个小时，想到昭君，想到解忧，想到细君，那，又是多么不同呀，没有送嫁的马队，没有伞帐华盖，嫁的不是君王大汗，只是一个心中认定能与她休戚与共的男人，就这样义无反顾，走过天山，走过自己。

"人生是一粒种，落地就会生根。"歌词真好。十几年，真的就生了根，发了芽，开了花，结了果。可这重峦叠嶂的大山知道，自从第一次穿行，心就劈成两半。

大年初一，干沟好冷，没了往日的张扬与焦躁，四下安静极了，路变得更长，颠簸中，一对正在哺乳期的乳房胀满胸前，恨不能把它们割了扔了，可这是只有六个月大的女儿眼中的至爱。山这边，不知那可怜的小东西如何面对没有娘的抚慰、没有甜甜乳汁滋润的夜；山那边，哥最后一声无力的唤，还能不能听到他的第二声？

人在旅途，心在两头，这可恶的天山，恨你，真的恨你。

终于走出天山，终于见到亲人，只是、只是亲人为什么不说话，为什么圆睁双眼，这一身血污是咋的了？不明白，真的不明白，等一分钟不可以吗？在山那边，你一声低唤就狂奔而来，为什么没追上你离去的脚步？

一抔黄土，两个世界就生生分离，即使穿行N遍也无缘再见。望穿地府呵，望不穿，眼睛已肿得睁不开；长呼短唤呵，唤不回，喉咙里是什么在堵塞？

还要穿行，箭一样穿行。山这边，才到人间180天的小东西用绝食与气绝的长哭向夺走她香饽饽的大山宣战。她赢了，像一只小猪，迫不及待地扑向胸前，拱着，嗅着，吸着，寻找熟悉的气味，饱食甘甜的乳汁，当一次次努力落空，她在怀中成了一只暴怒的兔子，气急败坏地狂抓猛咬，声嘶力竭地抗议，抗议，她哪里知道，女人的泪珠与乳汁发源于同一条河流，泪干了，乳汁

何有？唉，大山，大山中沉默的汉子们，看到了吗，在你腹中不停穿行的是一颗被生生死死牵绊的心！

记不清是多少次穿越天山了，每一次都在为心穿越。为一颗期待的心、为一颗思念的心、为一颗放不下的心不停穿越，穿越，直到有一天踏平天山，直到有一天沉沉睡去……

老屋倒了

老屋倒了，老屋是在2005年这个很捣蛋的春天，在一阵风、一阵雨、一阵雨夹雪的调戏中，实在支不住，一点一点歪斜着塌下去的。

老屋倒的时候，老头佝偻着背，就坐在篱笆边看着墙土簌簌下落，后墙与西墙慢慢斜倒下去，几乎没出多大的声响，那些已经无人稀罕的家什都在屋里，但他没想要进去拎一件出来。

老屋倒了。三年前，在外当了老板的小儿子回来跟他说："爹，跟我进城吧，你一个人鞫在这里干吗？这屋墙裂缝要倒了。"

老头倔声倔气地说："我不去，等它倒了再说。"

儿子更倔，找来推土机说："我这就把它推倒，看你去不。"

老头拄个棍，抖着一头乱糟糟的灰发，往推土机前一站说："推，从我身上推过去。"

老屋倒了，立了四十年终于累倒，老头像只老狗，悲凉地看着这一切。

在这老屋里，他曾让女人肚皮一直不闲着，十五年造下十个娃，六男四女。这是老头一生中最得意的事。三代单传呐，到他手上一口气造下快一个班人马，为宗族延续香火可是立下汗马功

劳。生到第六个娃时，女人实在撑不住，背着他进城准备做结扎，他得了信儿，从地里飞奔赶来，不由分说把黄皮寡瘦的小女人像抓鸡娃一样，倒提双脚从马车上拖下就走，边走边骂："猪也劁，牛也劁，你个臭婆娘也想劁。"头朝下一气拖出一里多，扔进家反锁了门扬长而去。女人生到第十个娃时大出血险些没命，子宫切除，生产才自动停止。

老屋倒了，最漫长的日子老屋从没觉得。家徒四壁，娃们肚皮扁塌塌，走路都打晃，老屋却梗着脖子挺着。一家老小没一件多余衣裳。冬天絮了棉花是棉衣，春天抽了棉花是单衣，常常是老大的改巴改巴老二穿，老二的补补缀缀老三穿，好在女人是个飞针走线的行家，一根线，一根针，一夜就能改一件很体面的衣裳，补丁虽多但人人都有一件遮羞布。这些都能混得过去，混过不去的是十几张嘴，张张填不满。最难挨是三四月，地里无苗家中无粮，就连两个人影对喝的清粥也不能保证天天有。

又是两天揭不开锅，娃们软塌塌贴在炕上，连哭的力气也没了，大丫二丫跑了二十多里路没借来半粒米，他只好钻进北沙窝，在二道沟转了大半日，拔来刚露芽的苦苦菜、灰灰草，又逮到一只寡瘦寡瘦的野兔，十一口人维持了两天。第三天上，老头用一只银手镯跟民族老乡换来几斤油渣，舍不得一次吃完，倒簸箕里放外面晒，不想一会儿工夫不见了。二丫说前面看见张龇牙从院子经过。老头急了，操根扁担冲到张龇牙家，矮小的龇牙面对高他一头的黑塔，声颤嘴硬地揩着鼻涕指天发誓："我没拿，谁、谁拿谁是驴日的。"老头不信，满屋乱翻，张龇牙急了，一头撞在他肚皮上，老头大手一拨楞，张龇牙一个屁股墩就跌在地上。最后从炕洞里翻出来，老头指着油渣问："你个驴日的，你没拿这是啥？"反手给张龇牙一个大嘴巴，血立刻从嘴角溢出。第二天，张龇牙离开了村子，半月后，有人报告队长说，张龇牙在外要饭，把灰灰草吃多了，中毒死了。

老屋倒了，就连溅起的尘土也是那么没精打采，先前风光模样一丝也没了。

想想那时，真是让人怀念啊。责任田到户没多久，老头跑到队长家炕头一坐："俺那二十亩地不要了，俺到西树窝子自己开地。"队长挠挠头："上面没有让农民开地的政策啊。"老头说："兴人家城里人下海摸鱼，就不兴村里人下地找田？"

那时，老头爱听《杨家将》，上衣袋袋常别个小收音机，一来二去，对上面政策听懂些眉目，又因为饥馑年时四处找野菜、打野兔，对四里八乡地理、土壤很是知道些。那西树窝子啥地方？西树窝子是个几百年冲积的大平沟，全是黄沙土，种啥成啥。东面，每年春天有大量积雪融化的水顺流而来，把那里方圆三四百亩地泡个精透。西面，一公里外就有从公社引到村里的西干渠，在这里种地是个啥情形，懂行人一看就知，大西北是有水地不愁。

第一年，老头啥也没做，等那地墒差不多时，找来耙地机，来回耙两遍，一家老小端了脸盆脚盆，把红花种子（类似藏红花的一种作物）呼啦啦一阵漫撒，成了。年底除去成本净净挣下一万五。乖乖，万元户啊，十里八村第一个万元户，把人的眼珠子都快羡下。

第二年，在上游整个拦水坝，西面挖条引水渠，一气种下三百亩小麦，又挣下快两万，还置下一头牛、一头驴、五十只羊，这日子滋润得让多少人流哈喇子呢。从前认识不认识的人都

来了，三天县里来学习，两天乡里来观摩，是亲戚不是亲戚都亲热得啥一样，光干儿子就认下三个，这个叫干爹、干爸，那个叫大叔、大爷，夸他的言语像劲风，吹得他云里雾里飘个站不住，来人就宰羊，沾亲的叫一声就给见面礼，连个化缘的假和尚他一出手也是二十块。人们见到他不是满脸堆笑，就是点头哈腰，那感觉真是一辈子也不曾有过，着实好极了。

在他感觉极好的时候，读过几天书的婆娘却是忧心忡忡，少不了叨叨："水满则溢，月圆易缺，凡事就怕好过头，老头子悠着些吧。"老头眼一翻："你啰唆个屁，啥过头不过头，我自己挣下的，又不是抢的偷的。"说着披了衣裳找石猴子喧荒（方言：聊天）去了。

年司上（方言：上年）因为用水和义务工跟队长闹翻，队上的东方红也用不上了，老头脖子一甩："球，少了张屠夫，老子还吃连毛猪？"

一蹦子跑到银行贷下三万，自己东拼西凑三万，打下一眼机井，又买来一台55拖拉机，唾沫星子飞向队长："你等着，年下老子数票票给你看！"

就在这一年，一场倒春寒把种下的棉花全部打死，补种的苗因为生长期不够，年底连本也没收回。春上，女人因他烧包地跟烂洋芋（本名叫杨玉花，女人偏偏叫她烂洋芋）勾眉搭眼的，连气带累，风湿性心脏病再次发作，上大学的大儿子慌慌赶回，进屋一看，爹跟烂洋芋正在屋里眉飞色舞地喧荒，他一脚踢翻凳子对爹吼道："我妈病下你还这么高兴？再这么着，我们兄弟就不认你！"

儿子大了，老子是有些怕的，赶紧凑钱送女人到乌鲁木齐大医院治病，治了三个月欠下一万多块，不到五十岁的女人还是含着一肚子冤水走了。

女人走了，家里欠下一勾子（屁股）债，再没人到房子来，烂洋芋连面也见不上了。娃们回家找不到妈，又嫌农村天地小，翅膀硬不硬都争着往外跑。四娃子悄没声就失踪了，一失踪就是十几年，没人知道那个十四五岁少年的去向，只听他同学说，每周末四娃子都会到他妈坟前坐上好大一会儿。

妈走了，大娃也一直不回家，当老头再见到大娃时，他已躺在太平间。那是他最最骄傲的大娃，一个很有出息的娃呀，他宁愿娃一辈子不理自己，也不想让娃出这么大车祸呀。

还没成年的小娃也走了，才十三的小娃受不住学校的霸凌欺辱，跟着一个长途车司机走了。嫁到天南地北的丫头们偶尔回来一次，什么话也没有，在老屋里打个转就飞走了。老屋成了一个空巢，空巢里只剩下老头这只飞不动的家雀。

老屋倒了，老头还不想走，他真的不想走呢。他想等老太婆回来给她道个歉，他怕失踪的四娃回来找不到家，他想精神好点时再找一块比西树窝子更好的地好好干一番，谁也不理，就把老婆子和娃们招回来安安生生活一回。

老屋倒了，老屋倒了……

咋会这么不经事儿

一

　　说了一下午言不由衷、冠冕堂皇的话，实在是身心疲惫，等到头儿把最后三点强调完，外面雪花在路灯下已舞出冷笑。边在风雪中疾行，边思考这么晚孩子一定在门外等急了，又思考晚饭做什么。

二

　　上楼，楼道很静。进屋，屋里很静。我的小燕子怎么没回来？脑子一闪念，可能学校有事，过会儿回来。

　　甩了一身厚重，戴上围裙扎进厨房，操刀弄铲，回头瞥一眼墙上闹钟，八点了，心下有点慌，扯了棉衣冲下楼。四下一片漆黑，雪粒像沙粒，随着冷风兜头盖脸向人扫来。"莹儿……莹……"没有那个我熟悉的、奶声奶气的声音，又冲出小区，挨家小店打问谁见到我家小人儿，无果。愣在雪夜，不知去哪儿，蓦然想起手机没拿，煤气没关，再冲上楼。

三

学校大门已关，看门老头说里面没一个孩子，我央求进去再看一下。跌跌撞撞在教室、操场到处呼唤，仍然没有宝贝女儿的身影，我颤抖着给班主任打去电话，才知下午雪大学校不到六点就让孩子们回家了。就是说放学已经两个小时，我的心一下沉了下去。入学以来，孩子从来都是按时回家，本地没有亲戚，与小同学又没来往，会去哪儿？脑子无端冒出人贩子的身影，一时间，泪以比雪花快十倍的速度飞流下来，孤独地站在路灯下，慌乱地拨电话，手抖得最终一个电话也没拨出去，恰在此时，千里之外的先生打来电话，未语先哭："我们的女儿不见了。"只一句就再也说不出话来，在风雪中盲目地狂奔，呼喊着女儿乳名，一个不慎摔个大马趴，手机摔出好远，雪滚了一身，一点不疼，但哭得更猛……

四

单位的领导和同事接到电话一起出动，但是，依然没有目标和方向。大家要求助电台和警方，而我的脑海里只有飞奔的火车与丑陋的人贩子。有人提醒去问问邻居，也许看到过。我又发疯似的往回跑，从一楼一路敲上去，每一家都说没有，到了四楼几乎是擂人家的门。女主人和蔼地打开门，未等我开口便说："你女儿在我这儿，看天太冷我把她领回我家了。"脸上挂着泪痕，几乎要扑上去拥抱这个未曾有过交往的邻居。

五

一进门，让女儿换了鞋，然后命令她转过身，拿起拖鞋横竖就打，边抽边自己哭："你个小混蛋，妈妈找你半天，快吓死了，你要被坏人抱走了，妈妈也不活了，到别人家干吗不给妈妈打个电话？进不了门干吗不去妈妈办公室？"孩子不知是被我母狮一般的模样吓坏了，还是感觉自己真错了，抿着小嘴看着我，只流泪，不出声。

六

接下来的时间我们谁也不说话，吃饭，都吃得很少，连她最爱吃的馋嘴鸭也没啃一块。女儿显得比往常要乖，自己完成作业，洗了小脸，小狗一样轻轻偎过来，看我洗衣服，怯怯地说："妈妈，我帮你捶捶背。"我擦把手，把女儿揽在怀里，女儿小鼻子还是一抽一抽的，小手摸着我的脸："妈妈，以后我再不去别人家了，娃娃害怕妈妈哭。妈妈，我不结婚，我也不生孩子，我要一直当你的孩子。"

七

夜已深了，我坐在电脑前，不知道想什么。一个好友上来，就把这事一五一十告诉了他，他说："孩子那么小，这事不该怨她，更不该打。"心里忽然感觉自己对孩子要求过高，毕竟她还是个七岁的孩子，怎么能要求她妥善应对偶然发生的事情呢？回到床上，看着熟睡的女儿，心里说不出的怜爱和后悔。我咋这么不经事呢？

八

突然渴望也有妈妈来打我，我再也没有妈妈了。

两床锦被或其他

以为细细封存，就能留住你的样子；以为藏在灰尘找不到的地方，你就会永远洁净。

一针一针，把对未来所有的向往都密密匝匝缝进你怀中；没娘的女孩好辛酸，没有亲人的祝福，没有浩浩荡荡的送亲队伍，在一生最重大时刻到来时，怀里只有你。

不知在镇上那个供销门市看过多少回，嫩嫩的黄，两只起舞的龙凤，艳艳的红，一对嬉戏的鸳鸯，一眼就看进了心里头。千万次回眸，千万次询问，折磨得那个售货员眼神都变得鄙夷了。

70元一条，占去工资80%，太奢侈了，可是又忍不住向往。

攒了一年，在那个售货员怀疑的目光中，把一打快攥出水的钱钞递过去，终于真实地把它捧在手中，多么柔软光滑呀，一根根亮闪闪的丝，要多少只蚕儿吐多久才能变成这一片花团锦簇？

抱着你翻越天山，抱着你浪迹天涯，像一只飞蛾扑向纱灯，为一片灿烂义无反顾。

风，从透亮的屋顶逼下来；雨，顺着门缝挤进来；四脚蛇，肆无忌惮地进进出出……因为有你，一切显得那么无所谓。

乘着锦缎上红晕还没褪去，红线儿还牢牢将面、里、絮钉得密密实实，小心地折叠起来，连同新婚的味道一起裹进棉絮深处，然后轻轻安放在席梦思床里，我要你暗香长留。

搬了很多次家，整理过无数次家什，每一回拿出，都要看看、晒晒、闻闻。偶然几次感觉味道很淡很淡，认为是自己鼻子出了问题，叹息岁月不饶人！

好久好久不曾碰过了，甚至好久好久都不曾想起你的存在。

今儿是大年三十，外面好喧哗，屋里却静得出奇，鬼使神差，很少打开的床内侧被打开，一点红从包裹中露出，心念一动，十五年了，还要封存多久？何苦来？

2008，奥运年，8月8日将是奥运开幕的大吉之日，十五年前的8月8日，有一个人又喜又悲地与你紧紧相依，一样的日子完全不一样的事，没有任何可比性，却被无端联想。

抱出，抖开，依然艳艳的，上上下下嗅个遍，不曾找到往昔一丝气息，一股浓浓的霉味却扑面而来，很惊慌，赶快拿到阳台，逼眼的光线下，那些经纬线、那些花儿鸟儿竟然变了色。更惊慌，眼揉了又揉，看清了，是锦被出了问题，斑斑驳驳像大片大片的水渍，那些龙爪、凤冠、花草被浸得面目全非。怎么可能？没法想象这些斑从哪儿来，那些奇奇怪怪颜色怎么出现的？

手一时没了力气，任锦被落在地上。

是我不好，我不该把你遗忘，可怎么会遗忘呢？

寒冷的冬夜里，一手抱着孩子喂奶，一手写着领导催要的讲话稿，想起了你，想你的温暖和清香，可长不出第三只手拉你过来！而你，只是在原地等待，再等待。很复杂很复杂的职场，人家笑着跟我握手，桌下却狠狠一脚，踹得我痛彻心扉，落雪的夜晚，一个人坐在公园冰凉石凳上抽泣，泪水把浑身浸成了冰，想

起了你，想你的温热与宽厚，期望你把我全部包裹，可我连一丝走向你的力气都没了，而你，只是在原地等待，再等待……

对不起，都是我的错，我忘了你是从蚕儿口中丝丝缕缕吐出，忘了你是蛋白织物，是有生命的织物。我怎么这样傻，怎么会忘记蛋白是会变质的，怎么会天真到以为把你封存起来就会永远新鲜如初呢？

十五年，瞬间变得虚无。曾经的珍宝，转眼成一堆旧物，看着你满目疮痍，伸手，却怎么也不愿再捡起来。

致女儿18岁生日

亲爱的宝贝，我还没怎么感觉，你竟然18岁了。直到昨天，我的梦里你还是两三岁的样子，挣脱我的手，跌跌撞撞往前跑，我总是那么揪心地跟在你身后，生怕你摔着碰着。

还没有把你心疼够、把你抱够，你怎么就长大了呢？太不可思议了。

一

18年，以你的感觉，那是一段漫长的时间。

很小的时候你问我："妈妈，我什么时候可以穿高跟鞋？"我说等你长到18岁。你问为什么，我说："长到18岁，你的骨骼才发育全，高跟鞋穿早了会让身体变形。"从此，你不再趿拉我的高跟鞋，也不再提穿高跟鞋的事，一直到现在。上初中时，班上同学开始传小纸条、写小情书，你问我："他们咋那么复杂？还要我帮忙传纸条？"我说："可能每个人关注的东西不一样吧，有人喜欢玩游戏，有人喜欢看动画片，有人想好好学习，每次拿第一，也有人喜欢男女生之间交往，说悄悄话，但是这个是最耽误学习的，也不太适合你们，主要是你们太小了，有些事自己都搞不清楚。"我问你喜欢啥，你挠挠头说：

"我还是喜欢画画。"我说："那好，把喜欢的事情一直坚持下去，就会梦想成真。"于是，你一心学习和画画，不关注同学那些事。高二时，我耐不住好奇，是非地问你："宝贝，班上有没有男生追你啊？"你给我一白眼："你不是说我们小没能力搞定这些事吗？"你又说："关键我瞧得上的也没有！"我心说，是娘的种！高中，你的个儿迟迟不长，在班上快垫底了，你忧心忡忡地问我："妈妈，我还能长吗？"我说："能！18岁之前还要长。"

由于我的许诺，18岁成了你遥远的盼望。可是，伴随你匆匆又辛苦的学习，它一晃就到了。

18岁，就在今天。

真的很欣慰，欣慰你执着、勤奋，一路追逐自己的梦想，在18岁生日到来前夕终于如愿以偿考取你喜欢的美术院校；欣慰你从懵懂到懂事，从讨厌校园小社会复杂的人际关系到慢慢接受和适应；欣慰你从娘眼中的一颗小星星，变成今天的小太阳。你是你自己的太阳，也是父母的太阳。

可是，我也很失落，失落你不再是我的小尾巴，失落你不再视我的话为真理，失落此后经年，你都会在我视线以外的世界奔波，再难享受到你小鸟般叽叽喳喳围着我说个不停的幸福时光。

二

宝贝，18年，一路走来，你给过我无数惊喜；18年，点点滴滴，我从未忘记。

怀你的时候没有任何心理准备，感觉不适的时候，你在我腹中已蹲守了快两个月。那时，工作忙死了，天天写文件、材料，整天跟领导下乡调研、参加各种验收考核，在农田里跟男人们一起拉尺量地、验收试验田，坐着老吉普在乡间、山区四处颠簸，每次我都悄悄摸着肚子默默祈祷：宝贝，你要好好的。

那时，我实在太瘦，7个月之前没人发现我怀孕，工作的繁重和妊娠反应让我疲惫不堪，而领导并不知道这些，还嫌我动作慢，考虑把我调离秘书岗位。我抚着你、咬着牙、忍着泪、攥着笔，在心里对你说：宝贝，我们一起加油！

我们的努力没有白费，你平安降生的同时，我也以出色的业绩向领导证明了自己。

生你的时候，因为疼痛，我不停地在地下走，疼极了就拉着床跑，闹了一天一夜后，迷糊过去，医生们手忙脚乱给我做手术，把我豁开，把你取出，而我昏昏沉沉直到第二天清晨才醒转过来。这一夜，最难熬的是你爸，一个人守在产房外，无人可问，看着医生护士脚步匆匆，心都提到了嗓子眼。

当我醒转过来，第一眼看到你时就哭了。当时医生正在查房，看我哭，很不客气地批评说："一个5斤7两的小孩竟然剖腹？这是我们医院的笑话。你这么高个子完全能生出来的，就是太娇气了。"这一通批让我哭得更凶猛，把医生们哭傻了。他们哪里知道，我哭，就是嫌你太小。受那么多罪，痛得死去活来，结果生出的你那么小，头才有我的拳头大，身体只有我的小臂长，一点成就感也没有，我怎么也不能接受，瞬间就崩溃了。出院后，我用两块手绢就给你缝了一件衣服，满月时，我用手大一块布就给你做了一双小软鞋，可见你有多小啊！

产假90天，我觉得过得太快，你还那么小，怎么也舍不下

你，就近找个奶奶看护你。办公室离家只有1000米，可是，为了你，我专门买了一辆自行车，上班好歹有点时间就风一样冲回家看你一眼，给你喂一口奶。那时，我虽然很瘦，可奶水充盈得不得了，天天撑着你喂。下乡总带吸奶器，受不了时就背着人挤了倒了。半岁之前，不知有多少奶水被我倒进花盆里，以至花盆里的土都板结成块块。

每天下班，只要在家，你就是我的中心，干什么都把你背在身上，不管你能不能听懂，都在跟你说话，什么都说，那时，你的眼睛又大又亮，说什么你都歪着头笑，谁看了都说你是个小美人。出门上街，把你放在自行车前的小菜篮里，一边骑一边跟你胡说八道。整个县城里，只有我这样带你出门，人们都稀罕得不得了。

2岁时，爸爸带你出去散步，你看到青蛙在跳，也趴在地上学蛙跳，结果把额头鼻子全蹭破了，这是你在我视线之外第一次受伤。那时我们住平房，远远听到你在外面哭，我跑出院子，看见爸爸抱着你，额头破了，我像母老虎一样冲上去，一把抢过来，回手给了你爸一巴掌。那个心疼啊，比割自己肉还要痛。

3岁时，吃饭开始磨叽，别人越急你越磨叽，搞得我上班老迟到。为了收拾你的磨叽，我专门在星期天瞅着，你不好好吃饭，就把你提起来放到门外，并告诉你，不好好吃饭、干事磨蹭的孩子妈妈不要了。于是你在门外大哭，我硬着心肠在门里哭，哭够了，我隔着门问："自己说，以后怎么办？"门外的你沉寂了一会儿说："我以后也不吃、也不喝、也不拉、也不尿好吧？"我瞬间无语。那么小的屁孩儿，说话像机关枪似的。不过，从此以后，你吃饭磨叽的毛病真没了。

5岁时，我在家洗衣服，你在楼下玩，忽然大哭着冲上来，我一看，你手背被烧个大泡，上面粘着块塑料布，你哭着说："一个蒙古族娃娃烧塑料袋甩到我手上的。"我又急又气，语无伦次，说快去医院，又说找那个坏孩子算账，一转身，你不见了。我快速下楼，楼下小孩全不见了，你也找不到，我疯了一样冲进社区诊所，看到你已经稳稳坐在医生面前包扎。医生对我说："突然见一个小孩哭着跑进来，让我包手，我还奇怪怎么没大人呢？"我一下又笑了，小小的人儿，这么惜命，知道自己找医生！

　　7岁那年初冬，我在单位忙瞎了，放学忘了接你，想起来时，天已黑透，我慌忙跑到学校，看大门的老头说学生早都走完了，没人。可我不死心，还是冲进校园楼上楼下找一遍，没人。外面雪越下越大，我跌跌撞撞在路上跑着，眼睛四处张望，脑海里却是人贩子偷小孩子的场景，眼泪就止不住地掉下来，一边哭一边给你爸打电话，又给单位同事打电话，准备发动想到的所有人去找你。有人提醒我去邻居家问问，我从一楼一路找上去，敲到四楼，邻居开门对我说，下班看到孩子坐在楼道里，就领到她家里了。然后我看到一个小身影从后面探出来，我一把拉入怀中，紧紧抱着，眼泪就像河水一样哗哗的。自此以后，不管做什么，再忙再累，你都是第一位，把你安排好，我才会安心去做事。

　　再大点，只要有机会去农村牧区，我都把你带在身边，不仅让你体会母亲工作的辛苦，也让你感受大自然的美好、人与人和睦相处的快乐。平时，总教你要勤奋、靠自己，要谦让、有爱心，要正直、做君子。但是随着年龄的增长，你对我的这些教育开始不断质疑。

　　五年级时，你带了一大包好吃的去参加学校庆"六一"活动，活动搞完，你发现放在小凳下的包不见了，四处寻找，最后在学校垃圾桶边找到了空袋子。你回来哭诉，我很心痛，但还是告诉你，可能是比较穷的孩子没吃的，拿了你的。你却反问道："我前后左右都是带孩子的家长，他们看不到有人偷我东西吗？小孩不懂事，大人们为什么不管？"我再次牵强解释："可能大人们忙着看节目没有注意到。"这一次对你伤害很大，我知道不是因为那点东西，而是因为那种行为让你不能理解。

　　初中住校后，你慢慢体会到人际关系的复杂，每周回来都向我倾诉各种不适应。同学拉帮结派打群架、女生传闲话、宿舍卫生没人自觉打扫、打饭总有人插队、考试作弊的人得意扬扬……诸如此类现象，颠覆了多年来我为你勾勒的人间美好。值得庆幸的是，虽然你在斥责、在愤怒，但是善良、正直、勤奋的本质没有改变。

　　最愧疚的是，在你青春期，我没有给予你最好的引导和更多的关爱。那时，我们成了水火不相容的两个仇人。你说，过去的十多年都是被我骗着长大的；你说，我是机关的老油条，总拿那些职场经验教育你……而我觉得你对世事似懂非懂却愤世嫉俗，粗口、厌学、太各色、没有女孩样儿……

　　那时，我正在企业挂职，忙得焦头烂额，常常几天不回家，没有体会到你心里的苦闷和迷茫。我甚至跟你说，辞职不做你妈了。现在想想，这是对你不负责任。生了你，就有义务教育和疼爱你，何况社会那么复杂，不应该让你一个人去面对。更愧疚的是，那时，我跟你爸爸感情出现了危机，我们的战争从隐蔽到公开，常常把战火引到你身上，没有顾及你的感受，宝贝，真的对不起！是妈妈不好。

三

　　今天，在你生日到来之际，我坐在办公室思绪万千。妈妈18岁就没有了妈妈，大半生是在没有妈妈的陪伴下，磕磕绊绊走到今天，其间摔的跟头、吃的苦头无人知晓。自从有了你，我发誓要守护你一辈子，不让你再吃没娘的苦。可是，我仍然没让你快乐成长。你刚刚4岁，我一场大病险些让你没有了娘。此后，你像一个小游击队员，总是被托付在别人家里，而我总在医院里。好歹回来几天，却不能送你上幼儿园，不能给你做好吃的。每天早晨给你5毛钱，看你小小的身影下楼，然后等待你穿过两条马路到幼儿园门口，用公用电话告诉我到了，我才安心地躺下。

　　将近10年，我的身体脆弱得经不起一点风寒，每次生病，爸爸在外讨生活，你就成了我的御用小保姆，总是第一时间陪我去医院，提醒我按时吃药，一下课就到医院，一边写作业一边盯着我输液，手鼓包了，你像个小大人似的训斥我不老实。中药喝得我闻到味就想吐，每次不愿喝时，你都毫不犹豫地端起碗咕咚咕咚喝两口，然后对我说："妈妈，你快快喝就不苦了。"

　　10岁那年，我在库尔勒住院，周末，你匆匆从家拿了饭盒，在餐馆要了炖小鸡，背着书包到客运站，上车前才打电话告诉我要来，听到这个消息，我的心揪到了一起，那是你第一次独自坐车走远路，而且是最后一班车，到站是晚上10点多，城里人多车多，不比小县城，你如何找到医院啊？悬着的心一直到你满头大汗出现在病房门口才放下，也是从那时起，我开始放手让你单

飞。此后，你一个人去乌鲁木齐、去北京，甚至第一次坐飞机、第一次乘地铁、第一次坐动车我都不在你身边，虽然每次还是担心，但是一次比一次放心。因为每次回来，通过你叽里呱啦的讲述，我知道了你的应变能力、生存能力在提高，你对社会的认知能力也在提高，这是我在你这个年纪达不到的，我很欣慰。

有时，生活多一些磨难不是坏事，虽然妈妈对自己常年生病、不能很好照顾你很愧疚，但是，这样的家境也锻炼了你独立的性格、自理的能力、比同龄人早熟的特质。

四

宝贝，上天把你赐给了我，虽然不能给你锦衣玉食，不能让你像富二代们那样躺平，但我能给你健全的心灵和健康的体魄，还有你追逐梦想最坚定的支持。

当你如愿以偿考取上海戏剧学院时，大家都说你有天赋。而只有娘心里最清楚，你付出了多少。

很小的时候，妈妈工作忙，一到寒暑假就把你扔到县文化馆的小小画画班里，其实就是替代幼儿园让你有个去处。后来，有事没事，你喜欢在家里涂抹，我并不在意。忽然有一天，我看到阳台上有一个微缩的牛奶箱，那头花奶牛十分逼真，拿起看了半天，问你这是谁画的。

你一边拼图一边不在意地说："我呀。"

我又问："真的？"

你奇怪地看我一眼："这有什么呀，分分钟的事。"

我说："喜欢画？"

你说："喜欢。"

我说："那咱们就拜个老师好好学怎么样？"

你说可以。

从此，你走上了一条苦乐自知的路。初中开始，一到寒暑假，别的孩子们畅快地出游、撒欢地玩耍，你却要跟着老师每天完成数张速写、素描、色彩、石膏体……高中三年，除了文化课学习，你假期都扎在画室里。每天画到凌晨三四点，画到小手肿胀、小腰生痛、满嘴生疮、满脸长痘，即便如此，你发几句牢骚，回头接着画。你说，没办法，自己选择的。

而你在画画的路上求索时，我成了你的贴身女秘书加搬运工。提前联系画室、与老师见面、商讨学习计划、筹备学习费用、安排食宿、搬运画具……

宝贝，一分耕耘一分收获。你有今天，跟你自己的努力分不开，但是，别忘了，每个人的成功都不是独立的，需要很多人的引导、支持、协助。在你求学的路上，每一位老师都是你人生的领路人，从小学到中学以至以后的大学，没有他们，那些专业的、系统的知识不会自己走进你的头脑里，要心怀感恩！

而在你学画艺考的历程中，更应该记得那些曾经给予你无私教诲的老师。

塔·巴特，你的第一位老师，内向、忠厚、功底扎实、学风严谨，是他发现了你，让你不用像别的小孩那样从儿童画入门，而是直接教授你专业画法。

林岱，你的第二个老师，功底深厚，痴心于油画、钟情于蒙古族东归体裁创作，艺术细胞发达却拙于表达，是他认为你有天赋，是千分之一、万分之一的好苗子，建议我不惜一切代价培

养你。

朱高亮，你的高中班主任，内敛、自律、张弛有度的美术老师。对你寄予很高的期望，你的每一个进步他都看在眼里，只是不轻易表达，为此，你小心眼儿，还纠结很久，以为老师不看好你。

马诚，一个给了你足够信心和力量的老师。与前几位老师不同，马老师思维活跃、性情豁达、学院派出身、画风端庄又不乏新颖、艺术气息浓郁，是你最信任和崇拜的老师。在他的画室，你不仅得到最多的鼓励、最大的信心，让你坚定了梦想，而且你从老师身上学会了欣赏、赞美、接受、面对。他给予你的不仅是授业，还有传道，这也是我最感动之处。

这里还要说说你爸爸。你爸爸也是一个内向的人。现在算来，18年里，与你接触最密切的人中，只有妈妈和马老师是外向的，其他人都很内向，这也是你相对内向、很宅、画画定力好的原因之一吧。你跟爸爸的交流一直都不错，不像跟我，有斗争、有和谈，还有互相捉弄和嬉戏。

爸爸只是选错了行，事业一直不顺心，但是对你的爱却是无以复加的。记得你两三岁时，他到乌鲁木齐出差，买了车票后，身上只剩下100元，结果花了99元给你买了一个电动玩具，饿着肚子坐了一天长途车回来。你参加鼓号队，需要两个小鼓槌，爸爸从朋友家要来一截青冈木，找人用车床给你车了两个精致的小鼓槌，这是拿钱都买不到的爱！在家里，你在我这里通不过的事情，只要到你爸爸那里都能通过，你说要星星他就去找梯子，爸爸疼你已到了无原则的地步，好在有我这个一把手经常敲打，不然，你们两个不知道能闹成啥样呢！

五

宝贝，18年其实不长，虽然当年以18岁为界的各种承诺未必一一实现，但是，你和其他孩子一样，健康快乐地成长着，从小孩长成了大人。在父母的眼中，自己的孩子是最好的，可是，在你成人之际，妈妈还要对你说，人无完人，你也一样有很多的缺点，比如不善沟通、不会容忍、不会妥协、群体相处能力差……有些性格是与生俱来的，有些性格是后天形成的，但随着你的经历、阅历增加，你要学会慢慢修正自己，做一个有分量的人、一个自己喜欢的人。

妈妈最不放心的是你即将走向的大学生活，你会面对更多更复杂的人和事，希望你能尽量适应。人的一生，很大一部分精力都是用在与各种人相处，谁也逃不了。同学、同事、老师、上司，以及恋爱时的男朋友、结婚后的公婆、孩子等等。好的人际关系对自己的心情、学业、工作甚至提升都有极大的帮助，虽然你不喜欢，但是必须面对。重要的是要学会包容、尊重、平等、随和地对待别人，一些看不惯的人，可以讨厌、可以唾弃、可以不予理会，但是不可以表现在脸上，不可以不给别人脸面。因为你看不惯的人不代表他们是错的，那只代表你的好恶。要允许别人存在不足，如同别人允许你存在一样。当然不管与什么人相处，都要有尊严、有自己的原则和底线，任何时候突破你的底线、伤害到你尊严的人和事，都要毫不犹豫反击！给你说这些不是要你刻意改变自己、迎合别人，而是希望你尽快成长。

另外，要多读书，这是一辈子的事，也是提升自己的极好途

径。你高考后，回来跟我谈到读书太少，也让我意识到，过去有些纵容你，总觉得你学习太苦，没有督促你多读书，虽然我有那么多存书，你有很好的读书条件。古人说，腹有诗书气自华。人的气质是装不出来的，要通过不断的学习充实，博览群书，视野开阔了，知识面广了，品味自然提高。特别是中国的古典文学，是汉语的精华，《诗经》、乐府诗、唐诗宋词元曲等，简练，形象，深刻，语感美，渲染浓，叙辩精彩，是今天的人无法达到的一个高度，与那些口水似的网络文字不可相提并论，值得学习一辈子。你是学艺术的，如果古典文学功底厚了，你将来的作品一定会很厚实、经得起时间打磨。要加强多重修养，文学、美学、心理学、政治、历史、宗教等等，学习越广泛，对你的艺术造诣越有帮助，相信你，会越来越好。

今天以后，你将开始真正意义上的单飞，将独自完成4年的大学生涯，以及以后的工作、生活、恋爱、结婚、生子，去体验和经历人生一切过程。妈不指望你成龙成凤，不期望你大红大紫，不要你腰缠万贯，唯望你做一个幸福的普通人，有一颗宽容、谦卑、感恩的心。要懂得接受别人的缺点，接受别人才能超越自己；要记住，任何时候、任何事情都要靠自己，这个世界没有谁欠你的，没有谁愿意帮你一辈子，真的有事时，能帮你的只有你自己；工作是谋生的手段，如果寻到一份自己喜欢的事业，那是人生的一大幸事，一定要懂得珍惜。

宝贝，在你18岁生日的时候，妈妈很认真地写了这个东西，不为别的，只是想让你知道，人生的路不易，后面的路更长，不管今后遇到什么，妈妈永远在你身后，天塌下来也不要紧，妈在！

后记

　　我出生在古尔班通古特沙漠边缘的一个兵团生产连队，典型的"疆二代"，父母于20世纪60年代初随支边大军入疆。

　　父亲三代单传，重男轻女思想根深蒂固，他希望生一群好儿郎，让他这一脉人丁兴旺，因而不顾母亲的强烈抗议，生下一群孩子，直到母亲油尽灯枯，才罢休。

　　我是父亲最不待见的那个孩子，因为上有哥哥，下有弟弟，他根本不正眼看我。18岁之前，他从不理我，我也不叫他爸爸，家里有好吃好玩的都是先尽儿子们。孩子之间发生矛盾，不论对错，我都会挨他的大巴掌，而且专门拍人后脑勺，瘦小的我不是一个趔趄就是嘴啃泥。

　　在这样的环境里，我变得倔强且无声无息，很少主动与兄弟姊妹们玩，除了干家务，就是躲在角落自己跟自己玩，在家里几乎是个透明人。

　　母亲虽没文化，但人超级聪慧，做一手好饭菜和好针线。虽然孩子多，日子艰难，但是，我们家孩子总是穿得板板正正，就是补丁衣服也比别人家孩子的好看。怎奈十几张嘴等吃等喝，总有干不完的事，孩子们只要能把路走利索，就开始承担一定的家务活。母亲会根据每个人的能力进行分工。我五六岁时，就开始

负责看管小弟弟和喂饭，到七八岁时增加了喂鸡鸭、打草喂猪的任务。大概从十一二岁起，除了学做饭，还负责每年养一头大肥猪。每到年底杀猪时，我总是早早躲出去，无法面对自己一手养大的猪伙伴被血淋淋杀了，以至于离家多年，还常常梦见猪没人管，饿得皮包骨头。

我永远是家里最安静、最忙碌、最没有存在感的那个孩子。不做事时就定定地观察老母鸡如何给小鸡啄食，看猪吧唧吧唧吃食，一看就是大半天，经常是被找我的人大呼小叫的责骂声惊醒。

再大一点，上了学，认了字，就把平时的心思、弟弟欺负、父母责罚等有趣无趣的事一一记下来，写到被谁欺负时，还会加一句：恶霸！黄世仁！写的时候小心脏怦怦的，生怕被人发现。

除了喜欢记录，还喜欢听收音机。从学龄前儿童广播到午间半小时、长篇小说连播，再到古诗词欣赏、每周一歌、广告文艺……在那个偏远闭塞的戈壁小村，收音机是我了解外面世界的唯一途径，也是我开阔视野、增长知识的重要渠道。

不知道是小学几年级，老师布置第一篇作文，要求记一件有意义的事，我写了什么忘了，反正无师自通，洋洋洒洒写得很长，被老师当范文在班上朗读和表扬，从此，我的小作文一发不可收拾，整个学生生涯里，只要有关写作，不管是作文、论文，还是学校演讲之类，基本都会被老师单独拿出来点评或者登在学校期刊上。工作后，随时随地记录和书写成了我的一种生活习惯。

18岁离开家，从农村小姑娘一路走来，其间的辛酸、挫折和苦累只有自己知道，在无助、难过、开心、感动时，就将所有情感付诸笔端，在倾诉中发现美好、修正不足，使自己的精神层面得到升华。

但是，现实永远比小说精彩，特别是原生家庭造就的性格上的缺陷，使我步入社会后，从一个自然人转变为社会人的蜕变过程变得十分艰辛和漫长。尤其是到别人的家乡讨生活，误打误撞在体制内和体制外都体验了一把，风风雨雨二十多年，好强、耿直、自尊、爱憎分明又死认真的性格既救了我也害了我。做什么事都较真，要做就做到最好，遇到好上司，日子好过一些，而更多的是负面收获。活到今天才明白，耿直、好强、较真就是低情商的代名词，全世界都知道皇帝没穿衣服，我就是那个傻孩子，不过脑子张口就来，为此，付出的又何止一两次受伤和摔跟头？几乎是整个青春都赔了进去。往往是工作干得最多最出色，得罪人最多，人缘最差，树敌最多。同时期提拔的人都做了县长、厅长，我还在主任科员位置上徘徊又徘徊；别人坐在宽敞的办公室聊天，我被安置在楼道的小隔间里写大材料……最后，甚至用辞职来逃避。

那时，不会内视，也不会中庸，总觉得自己到哪儿都是外来户，只有做好自己，至于受到的不公正待遇，既觉冤屈又得接受。别人受一丁点委屈，便有人做后盾，而我遇到什么委屈和屈辱，要么自己生吞下去，要么硬抗到底，树更多的对头，踩更多的坑，经常旧伤痂还没落，又添新伤。

每每此时，最好的倾诉对象就是笔，所有的喜怒哀乐都密密麻麻写进本子里，甚至在开会或出差途中，突然被某件事触动，随便抓个什么纸就唰唰写起来。后来整理一柜子工作手册时，发现里面时不时会冒出一页不是工作内容的东西，读来总是唏嘘

后记

231

不已。

大概从16岁开始发表作品，十几年来，陆陆续续写了不少东西，大部分是纪实散文、游记等，一部分在一些报纸杂志上发表，一部分在国内一些知名网站刊发。如今终于赋闲，将近20年来写的文字细细整理，把自认为有点意义的挑选出来，结集成册，算是对自己人生的上半场做一次总结和审视吧。

2023年6月于新疆和静县